A DEFENSE OF ARDOR

捍卫热情

Adam Zagajewski

[波兰] 亚当·扎加耶夫斯基 / 著

李以亮 / 译

南方出版传媒
花城出版社
中国·广州

图书在版编目（CIP）数据

捍卫热情 ／（波）扎加耶夫斯基著；李以亮译. --广州：花城出版社，2015.5（2020.7重印）
（蓝色东欧 ／ 高兴主编．第3辑）
ISBN 978-7-5360-7520-7

Ⅰ. ①捍… Ⅱ. ①扎… ②李… Ⅲ. ①散文集－波兰－现代 Ⅳ. ①I513.65

中国版本图书馆CIP数据核字（2015）第086162号

合同版权登记号：图字19-2014-137号
ADEFENSE OF ARDOR：Essays by Adam Zagajewski, translated by Clare Cavanagh
Copyright © 2002 by Adam Zagajewski, translation copyright © 2004 by Clare Cavanagh
Published by arrangement with Farrar, Straus and Giroux, LLC, New York.

出 版 人：	肖延兵
丛书策划：	朱燕玲　孙　虹
出版统筹：	李倩倩　夏显夫　欧阳佳子
责任编辑：	许泽红
技术编辑：	薛伟民　凌春梅
装帧设计：	棱角视覺 ANGULAR VISION

书　　名		捍卫热情 HANWEI REQING
出版发行		花城出版社（广州市环市东路水荫路11号）
经　　销		全国新华书店
印　　刷		恒美印务（广州）有限公司（广州南沙经济技术开发区环市大道南路334号）
开　　本		880毫米×1230毫米　32开
印　　张		5.75　2插页
字　　数		150,000字
版　　次		2015年5月第1版　2020年7月第2次印刷
定　　价		40.00元

本书中文专有出版权归花城出版社独家所有，非经本社同意不得连载、摘编或复制。
如发现印装质量问题，请直接与印刷厂联系调换。
购书热线：020-37604658　37602954
欢迎登陆花城出版社网站：http://www.fcph.com.cn

捍卫热情

目录
CONTENTS

记忆，阅读，另一种目光（总序）/ 高兴 / 1
诗人的左手（中译本前言）/ 李以亮 / 1

捍卫热情 / 1
粗鄙与崇高 / 20
尼采在克拉科夫 / 44
劳作与名声 / 57
开始回忆 / 82
理性与玫瑰 / 100
反对诗歌 / 104
诗歌与怀疑 / 118
休假的结束 / 127
我们应该访问神圣的地方吗？/ 136
克拉科夫智识区 / 142
灰暗的巴黎 / 145
年轻诗人们，请阅读一切 / 149
波兰语写作 / 154

记忆，阅读，另一种目光

（总序）

高兴

昆德拉说过："人的一生注定扎根于前十年中。"我想稍稍修改一下他的说法："人的一生注定扎根于童年和少年中。"童年和少年确定内心的基调，影响一生的基本走向。

不得不承认，二十世纪五六十年代出生的人都有着不同程度的俄罗斯情结和东欧情结。这与我们的成长有关，与我们的童年、少年和青春岁月有关。而那段岁月中，电影，尤其是露天电影又有着怎样重要的影响。那时，少有的几部外国电影便是最最好看的电影，它们大多来自东欧国家，几乎吸引了所有人的目光，是我们童年的节日。在某种意义上，甚至可以说，它们还是我们的艺术启蒙和人生启蒙，构成童年最温馨、最美好和最结实的部分。

还有电影中的台词和暗号。你怎能忘记那些台词和暗号。它们已成为我们青春的经典。最最难忘的是《瓦尔特保卫萨拉热窝》。"'空气在颤抖，仿佛天空在燃烧。''是啊，暴风雨来了。'""看，这座城市，它就是瓦尔特。"简直就是诗歌。是我们接触到的最初的诗歌。那么悲壮有力的诗歌。真正有震撼力的诗歌。诗歌，就这样和英雄主义和浪漫主义，紧紧地连接在了一道。

还有那些柔情的诗歌。裴多菲，爱明内斯库，密茨凯维奇。要知道，在二十世纪七八十年代，读到他们的诗句，绝对会有触电般的感觉。而所有这一切，似乎就浓缩成了几粒种子，在内心深处生根，发芽，成长为东欧情结之树。

然而，时过境迁，我们需要重新打量"东欧"以及"东欧文学"这一概念。严格来说，"东欧"是个政治概念，也是个历史概念。过去，它主要指波兰、捷克斯洛伐克、匈牙利、罗马尼亚、保加利亚、南斯拉夫、阿尔巴尼亚七个国家。因此，在当时，"东欧文学"也就是指上述七个国家的文学。这七个国家，加上原先的东德，都曾经是以苏联为首的华沙条约组织的成员。

一九八九年底，东欧发生剧变。此后，苏联解体，华沙条约组织解散，捷克和斯洛伐克分离，南斯拉夫各共和国相继独立，所有这些都在不断改变着"东欧"这一概念。而实际情况是，波兰、捷克、匈牙利、罗马尼亚等国家甚至都不再愿意被称为东欧国家，它们更愿意被称为中欧或中南欧国家。同样，不少上述国家的作家也竭力抵制和否定这一概念。在他们看来，东欧是个高度政治化、笼统化的概念，对文学定位和评判，不太有利。这是一种微妙的姿态。在这种姿态中，民族自尊心也发挥着不可估量的作用。

但在中国，"东欧"和"东欧文学"这一概念早已深入人心，有广泛的群众和读者基础，有一定的号召力和亲和力。因此，继续使用"东欧"和"东欧文学"这一概念，我觉得无可厚非，有利于研究、译介和推广这些特定国家的文学作品。事实上，欧美一些大学、研究中心也还在继续使用这一概念。只不过，今日，当我们提到这一概念，涉及的就不仅仅是七个国家，而应该包含更多的国家：立陶宛、摩尔多瓦等独联体国家，还有波黑、克罗地亚、斯洛文尼亚、塞尔维亚、黑山等从南斯拉夫联盟独立出来的国家。我们之所以还能把它们作为一个整体来谈论，是因为它们有着太多的共同点：都是欧洲弱小国家，历史上都曾不断遭受侵略、瓜分、吞并和异族统治，都曾把民族复兴当作最高目标，都是到了十九世纪末二十世纪初才相继获得独立，或得到统一，第二次世界大战后都走过一段相同或相似的社会主义道路，一九八九年后又相继推翻了共产党政权，走上了资本主义发展道路。之后，又几乎都把加入北约、进入欧盟当作国家政策的重中之重。这二十年来，发展得都不太顺当，作家和文学都陷入不同程度的困境。用饱经风雨、饱经磨难来形容这些国家，十分恰当。

换一个角度，侵略，瓜分，异族统治，动荡，迁徙，这一切同时也意味着方方面面的影响和交融。甚至可以说，影响和交融，是东欧文化和文学的两个关键词。看一看布拉格吧。生长在布拉格的捷克著名小说家伊凡·克里玛，在谈到自己的城市时，有一种掩饰不住的骄傲："这是一个神秘的和令人兴奋的城市，有着数十年甚至几个世纪生活在一起的三种文化优异的和富有刺激性的混合，从而创造了一种激发人们创造的空气，即捷克、德国和犹太文化。"①

克里玛又借用被他称作"说德语的布拉格人"乌兹迪尔的笔为我们描绘了一个形象的、感性的、有声有色的布拉格。这是一个具有超民族性的神秘的世界。在这里，你很容易成为一个世界主义者。这里有幽静的小巷、热闹的夜总会、露天舞台、剧院和形形色色的小餐馆、小店铺、小咖啡屋和小酒店。还有无数学生社团和文艺沙龙。自然也有五花八门的妓院和赌场。布拉格是敞开的，是包容的，是休闲的，是艺术的，是世俗的，有时还是颓废的。

---

① 见伊凡·克里玛《布拉格精神》第44页，崔卫平译，作家出版社1998年版。

布拉格也是一个有着无数伤口的城市。战争、暴力、流亡、占领、起义、颠覆、出卖和解放充满了这个城市的历史。饱经磨难和沧桑，却依然存在，且魅力不减，用克里玛的话说，那是因为它非常结实，有罕见的从灾难中重新恢复的能力，有不屈不挠同时又灵活善变的精神。如果要用一个词来形容布拉格的话，克里玛觉得就是：悖谬。悖谬是布拉格的精神。

或许悖谬恰恰是艺术的福音，是艺术的全部深刻所在。要不然从这里怎会走出如此众多的杰出人物：德沃夏克，雅那切克，斯美塔那，哈谢克，卡夫卡，布洛德，里尔克，塞弗尔特，等等。这一大串的名字就足以让我们对这座中欧古城表示敬意。

布拉格如此，萨拉热窝、华沙、布加勒斯特、克拉科夫、布达佩斯等众多东欧城市，均如此。走进这些城市，你都会看到一道道影响和交融的影子。

在影响和交融中，确立并发出自己的声音，十分重要。不少东欧作家为此做出了开拓性和创造性的贡献。我们不妨将哈谢克和贡布罗维奇当作两个案例，稍加分析。

说到捷克作家哈谢克，我们会想起他的代表作《好兵帅克》。以往，谈论这部作品，人们往往仅仅停留于政治性评价。这不够全面，也容易流于庸俗。《好兵帅克》几乎没有什么中心情节，有的只是一堆零碎的琐事，有的只是帅克闹出的一个又一个的乱子，有的只是幽默和讽刺。可以说，幽默和讽刺是哈谢克的基本语调。正是在幽默和讽刺中，战争变成了一个喜剧大舞台，帅克变成了一个喜剧大明星，一个典型的"反英雄"。看得出，哈谢克在写帅克的时候，并没有考虑什么文学的严肃性。很大程度上，他恰恰要打破文学的严肃性和神圣感。他就想让大家哈哈一笑。至于笑过之后的感悟，那就是读者自己的事情了。这种轻松的姿态反而让他彻底放开了。借用帅克这一人物，哈谢克把皇帝、奥匈帝国、密探、将军、走狗等等统统给骂了。他骂得很过瘾，很解气，很痛快。读者，尤其是捷克读者，读得也很过瘾,很解气,很痛快。幽默和讽刺于是又变成了一件有力的武器,特别适用于捷克这么一个弱小的民族。哈谢克最大的贡献也正在于此:为捷克民族和捷克文学找到了一种声音,确立了一种传统。

而波兰作家贡布罗维奇与哈谢克不同,恰恰是以反传统而引起世人瞩目的。他坚决主张让文学独立自主。在二十世纪三四十年代,贡布罗维奇的作品在波兰文坛显得格外怪异离谱,他的文字往往夸张扭曲,人物常常是漫画式的,他们随时都受到外界的侵扰和威胁,内心充满了不安和恐惧,像一群长不大的孩子。作家并不依靠完整的故事情节,而是主要通过人物荒诞怪僻的行为,表现社会的混乱、荒谬和丑恶,表现外部世界对人性的影响和摧残,表现人类的无奈和异化以及人际关系的异常和紧张。长篇小说《费尔迪杜凯》就充分体现出了他的艺术个性和创作特色。

捷克的赫拉巴尔、昆德拉、克里玛、霍朗,波兰的米沃什、赫贝特、希姆博尔斯卡,罗马尼亚的埃里亚德、索雷斯库、齐奥朗,匈牙利的凯尔泰斯、艾什特哈兹,塞尔维亚的帕维奇、波帕,阿尔巴尼亚的卡达莱……如此具有独特风格和魅力的当代东欧作家实在是不胜枚举。

某种程度上,东欧曾经高度政治化的现实,以及多灾多难的痛苦经历,恰好为文学和文学家提供了特别的土壤。没有捷克经历,昆德拉不可能成为现在的昆德拉,不可能写出《可笑的爱》《玩笑》《不朽》和《难以承受的存在之轻》这样独特的杰作。没有波兰经历,米沃什也不可能成为我们所熟悉的将道德感同诗意紧密融合的诗歌大师。但另一方面,需要注意的是,由于语言的局限以及话语权的控制,东欧文学也极易被涂上浓郁的意识形态色彩。应该承认,恰恰是意识形态色彩成全了不少作家的声名。昆德拉如此。卡达莱如此。马内阿如此。赫尔塔·米勒亦如此。我们在阅读和研究这些作家时,需要格外地警惕。过分地强调政治性,有可能会忽略他们的艺术性和丰富性。而过分地强调艺术性,又有可能会看不到他们的政治性和复杂性。如何客观地、准确地认识和评价他们，同样需要我们的敏感和平衡。

一个美国作家，一个英国作家，或一个法国作家，在写出一部作品时，就已自然而然地拥有了世界各地广大的读者，因而，不管自觉与否，他，或她，很容易获得一种语言和心理上的优越感和骄傲感。这种感觉东欧作家难以体会。有抱负的东欧作家往往会生出一种紧迫感和危机感。他们要用尽全力将弱势转化为优势。昆德拉就反复强调，身处小国，你"要么做一个可怜的、眼光狭窄的人"，要么成为一个广闻博识的"世界性的人"。别无选择，有时，恰恰是最好的选择。因此，东欧作家大多会自觉地"同其他诗人，其他世界，和其他传统相遇"（萨拉蒙语）。昆德拉、米沃什、齐奥朗、贡布罗维奇、赫贝特、卡达莱、萨拉蒙等等东欧作家都最终成为"世界性的人"。

关注东欧文学，我们会发现，不少作家，基本上，都在出走后，都在定居那些发达国家后，才获得一定的国际声誉。贡布罗维奇、昆德拉、齐奥朗、埃里亚德、扎加耶夫斯基、米沃什、马内阿、史沃克莱茨基等等都属于这样的情形。各种各样的原因，让他们选择了出走。生活和写作环境、意识形态原因、文学抱负、机缘等，都有。再说，东欧国家都是小国，读者有限，天地有限。

在走和留之间，这基本上是所有东欧作家都会面临的问题。因此，我们谈论东欧文学，实际上，也就是在谈论两部分东欧文学：海外东欧文学和本土东欧文学。它们缺一不可，已成为一种事实。

在我国，东欧文学译介一直处于某种"非正常状态"。正是由于这种"非正常状态"，在很长一段岁月里，东欧文学被染上了太多的艺术之外的色彩。直至今日，东欧文学还依然更多地让人想到那些红色经典。阿尔巴尼亚的反法西斯电影，捷克作家伏契克的《绞刑架下的报告》，保加利亚的革命文学，都是典型的例子。红色经典当然是东欧文学的组成部分，这毫无疑义。我个人阅读某些红色经典作品时，曾深受感动。但需要指出的是，红色经典并不是东欧文学的全部。若认为红色经典就能代表东欧文学,那实在是种误解和误导,是对东欧文学的狭隘理解和片面认识。因此,用艺术目光重新打量、重新梳理东欧文学已成为一种必须。为了更加客观、全面地翻译和介绍东欧文学,突出东欧文学的艺术性,有必要颠覆一下这一概念。蓝色是流经东欧不少国家的多瑙河的颜色,也是大海和天空的颜色,有广阔和博大的意味。"蓝色东欧"正是旨在让读者看到另一种色彩的东欧文学,看到更加广阔和博大的东欧文学。

二〇一三年十月三十一日定稿于北京

主编简介:高兴,诗人、翻译家,一九六三年出生于江苏省吴江市。中国作家协会会员。现为中国社会科学院外国文学研究所研究员,《世界文学》主编。曾以作家、翻译家、外交官和访问学者身份游历过欧美数十个国家。出版过《米兰·昆德拉传》《东欧文学大花园》《布拉格,那蓝雨中的石子路》等专著和随笔集;主编过《二十世纪外国短篇小说编年·美国卷》(上、下册)、《伊凡·克里玛作品系列》(5卷)、《水怎样开始演奏》、《诗歌中的诗歌》、《小说中的小说》(2卷)等大型图书。主要译著有《梵高》《黛西·米勒》《雅克和他的主人》《可笑的爱》《安娜·布兰迪亚娜诗选》《我的初恋》《索雷斯库诗选》《梦幻宫殿》《托马斯·温茨洛瓦诗选》等。

诗人的左手

(中译本前言)

李以亮

近年,波兰诗人亚当·扎加耶夫斯基和他的作品已开始为汉语读者所熟悉。虽然还不像米沃什、席姆博尔斯卡那样广为人知,但是,扎加耶夫斯基也因其诗歌独特的风格,因其作品现实、历史维度与形而上维度的交织呈现,博得了许多读者的青睐。二〇一三年三月,诗人来到中国广州接受第九届"诗歌与人·国际诗歌奖",这不仅使大家得以一睹诗人风采,更使不少中国读者得到诗人的亲炙。不过,应该说,扎加耶夫斯基在汉语的接受,也就是汉语读者对他的阅读和理解,这些都尚待深入。对他的诗歌来说是这样,散文、随笔更是这样。

作为"新浪潮"(也称"六八年一代")的重要一员,扎加耶夫斯基在二十世纪七十年代崛起于波兰诗坛。成名之时，扎加耶夫斯基主要写诗歌和小说（小说主要集中在七十年代中期之前，以波兰语和德语发表），但同时也发表文学宣言，以及关于各种问题的散文、随笔文章。我们说扎加耶夫斯基是以一种反叛的姿态登上历史舞台的，但并不等于说他忽视波兰乃至整个世界文学的遗产，不，我认为恰恰相反，毋宁说他（和他那一代人）所作的，正是以自己的反思与创造性，激活并发展了置身其中的传统。这位毕业于著名的雅盖沃大学哲学系的诗人，后来谦逊（也许不只是谦逊）地认为，自己所受的哲学教育贫瘠而有缺陷，他本人也不是任何意义上的哲学家。但如果我们仔细读过他的随笔作品后就会发现，在他身上诗性与哲理的结合是多么紧密。学者的严谨、思维的严密、思想的力度、广阔的视野，以及诗人身上感性的润泽，他的真切、反讽、幽默，这些都是多么完美地融合在一起。

扎加耶夫斯基以母语——波兰语写作，四十多年里，诗歌和随笔写作一直在同步、交叉地进行，出版过多部散文、随笔集，包括《第二种风》（一九七八）、《团结和孤独》（一九八六）、《两座城市》（一九九一）、《另一种美》（一九九八）、《为热情辩护》（二〇〇二）等。迄今也有四部随笔作品已被翻译为英语在美国出版，分别是：《团结和孤独》（一九九〇）、《两座城市》（一九九五）、《另一种美》（二〇〇〇）和《捍卫热情》（二〇〇四）。大致来说，扎加耶夫斯基的随笔写作，与诗歌写作一样，遵循了一个相似的轨迹，即逐渐从对社会、政治问题的介入，转移到更个人、更内在化的精神生活方面，但是，这种转化并非排除了对政治性的关注，而是经由更为个人化的经验，直面更为本质性的思想问题。

《团结和孤独》写于波兰民主化之前，作者深感在那样一种体制下，集体生活对个人精神的挤压，它几乎没有留下什么空间给"孤独"，也就是给"文学、艺术、沉思和永恒"。但是，扎加耶夫斯基并不是要以"孤独"反对"团结"，而是试图寻求二者之间的平衡。在文中，作者描述了集权政治下的无奈和反抗的兴奋之感，但更主要的则是在思考波兰的未来。如果说，存在"对手"的生活是那样的（压抑、紧张、灰暗、绝望），在失去"对手"后，精神的生活有何可能？扎加耶夫斯基显然不愿被对立的事物束缚、被它们"带走"，他有更宽广、高远的精神目标。

《两座城市》的主题比较多重，其副题为"论流亡、历史与想象力"，书里展开的内容十分丰富。开篇是近七十页的长篇散文同题文章。两座城市是指利沃夫和格里维策，前者利沃夫是属于上一代人，神话般的、记忆与失落的城市，后者格里维策是作者童年和少年时期生活的地方，"一个丑陋的工业城市"，让他感到"仇恨和绝望的苏式统治"无处不在。作者在对二者进行的对比中，揭示了时代与现实的一些真实状况，读来生动而发人深思。此外，此集还有大量关于文学、历史问题的沉思，以及关于几位欧洲作家的分析与评论。

《另一种美》则是作者在五十岁后所写，近似于回忆录性质的、单独成书的长篇散文。在书中，作者深情刻画了他当年到波兰古城克拉科夫求学这一时期的生活，他的所见、所闻、所思。这些对于理解作者后来的一些诗作大有助益。文中，作者还集中表达了一个独特的思想（这个思想也曾得到诗人米沃什的特别欣赏），就是作为书名、作者亦写进同题诗歌中的一个观点："唯有在他人创造的美中/存在安慰，在他人的/音乐，他人的诗里。/唯有他人能拯救我们，/尽管孤独品尝起来像/鸦片。他人不是地狱……"这对传播甚广、但被庸俗地理解了"他人即地狱"一语，可谓一个有力的矫正。

《捍卫热情》是作者距今最近的一部随笔集。诗人将"热情"理解为"对存在于世界和艺术里的黑暗的镇痛剂"，他有感于"写作与思想中近年出现的贫瘠、苍白、灰暗和乏力"，追本溯源地思考了诗歌美学在我们这个时代出现的种种问题（如"崇高与粗鄙"、"诗歌与怀疑"、"诗歌与反讽"，等等）。诗人在为灵感、为热情辩护的同时，也力图理解他（以及他那一代人）在诗歌上的精神导师（如恰普斯基、赫贝特、米沃什等人），试图通过他们的作品和为人，寻找一些有利于恢复诗歌之美与热情的启示。这本随笔集,为我们理解诗人扎加耶夫斯基及其诗歌写作提供了一个便捷而有效的途径。

在这本书中,作者的论题虽然也极为广泛,哲学、美学、诗学都在其中,却非常具有针对性,或者说很有"问题意识"、"现场感",比如"崇高与粗鄙"、"诗歌与怀疑"这样一些问题的提出与思考,对我们(中国诗人和读者)也是颇有启示与警醒意义的。本书另一重头戏,便是作者对他精神意义上的导师,如恰普斯基、赫贝特、米沃什(或许还包括尼采)的精彩解读和追忆,其中既有生动的交往、体会的细节,也贯穿着作者个人深刻的发现、独到的理解。而且,文中充满对上述人物的崇敬、仰慕之情,非常动人,这些散文可说具有很强的抒情性。

作者目前正在致力于出版他新写的随笔集,部分文章我在一些地方读了,有的还翻译了。应该说,作者的思想仍然是很活跃的,具有一贯的洞察力。在扎加耶夫斯基身上,明显地继承了他的精神导师恰普斯基,那样一种永不知足的、永远探求而"延缓做出评判"的精神。诗人余光中曾有"右手写诗,左手写散文"的戏称,很多诗人也有把散文、随笔当作"副业"的习惯。但是,我在读过扎加耶夫斯基的一些散文和随笔集后感到,它们到底算主业还是副业?还真不好说,因为我感到,至少扎加耶夫斯基是把它们当"作品"来写,它们的思想性和艺术性不仅很高,而且难得地融合在了一起。由于我的才疏学浅,很可能未能毕现其高妙之处,敬请读者、方家批评指正。

捍卫热情

从利沃夫到格利维策,从格利维策到克拉科夫,克拉科夫到柏林(两年时间);然后,到巴黎,度过很长一段时间后,再从那里,到休斯敦,每年待上四个月;最后,回到克拉科夫。我的第一次迁移是非自愿的,受迫于第二次世界大战结束时签订的一份国际协议。第二次迁移,只是普通的渴望受教育的结果(那时,年轻的波兰人认为,只有在古老的克拉科夫才能获得一种良好的教育——如果他们还寻求的话)。第三次迁移背后的冲动,是由于不同的、对于西方世界的好奇心驱使。第四次迁移背后的动机,则是基于我想谨慎称为的"个人性质的原因"。最后,第五次迁移(到休斯敦),既有好奇心(对美国的好奇)的刺激,也有经济方面的因素,可以说是出于一种生活的需要。

在一百多年里,利沃夫就是哈布斯堡君主国加利西亚省的首府。它以一种开放的姿态,吸收了来自西欧与东欧的文化影响(虽然东欧文化的影响在这里远不如在维尔诺,甚至不如在华沙)。格利维策曾经是普鲁士王国一个地方省的要塞小城,历史可追溯至中世纪。在第二次世界大战后,三个上了年纪的先生将它割让给了波兰。在学校里,我学习过俄语和拉丁语;我也上过英语和德语的私人课程。我的家庭,从利沃夫到格利维策,被迫的迁徙是一个征兆,预示了巨大的改变。虽然在一九四五年,我的国家实际上隶属那个东方帝国,却诡异地西移了:这种移动的后果不久之后就会浮现出来。

我的祖父精通两种语言:波兰语是他的第二语言,因为他是由他已故母亲讲德语的家庭养大的。但是，在纳粹占领时期，他却从未有过要求取得德国侨民身份的念头。年轻时，他发布过关于阿尔布莱克·冯·哈勒①的博士论文，世纪之交，曾以德语在斯特拉斯堡出版。

在克拉科夫，我感到了所有事物散发的光芒，那是波兰传统里最好的东西：留在建筑艺术和博物馆展品里的文艺复兴的遥远的记忆，十九世纪知识分子的自由主义，两次世界大战中间那段时期的活力以及当时出现不久的民主反对派的影响。

八十年代初期，打动我的西柏林，是一个普鲁士的首府与一个着迷于曼哈顿、前卫派的轻浮城市的独特结合体（有时我怀疑，当地的知识分子和艺术家们，视柏林墙为马塞尔·杜尚的另一件作品）。在巴黎，我没有遇到那些伟大的智力特殊的人，伟大的法兰西文明的主宰者——我来得太晚了。尽管如此，我还是发现了巴黎的美，作为少数几个欧洲大都市之一，它永葆青春的秘密（即使乔治·欧仁·奥斯曼男爵②的野蛮主义，也没有破坏这座城市的生命的连续性）。最后，在简单所列的这一系列城市之后，我到了休斯敦，一个铺展在平原上，没有历史的城市，只有常青的橡树、计算机、高速公路和石油的城市（当然，还有极好的图书馆和辉煌的交响乐团）。

要经历些许时间之后，我才懂得，我可以从两方面受益：一是战争的灾难，故乡的丧失；二是我后来的漫游——只要我不太偷懒，不断学习我所不停变换的地方的语言和文学。我就这样到了这里，像一个小潜艇上的乘客，潜艇不止一个，而是有着四个潜望镜。其中，主

---

① 阿尔布莱克·冯·哈勒（1708—1777），瑞士解剖学家、生理学家、博物学家和诗人。
② 1859 年，拿破仑三世任命乔治·欧仁·奥斯曼男爵（1809—1891），负责巴黎的大规模城市改造。奥斯曼拆除了巴黎的外城墙，建设环城路，在旧城区开辟出许多笔直的林荫大道，并建众多新古典主义风格的广场、公园、住宅区等，但是他也拆掉了许多历史遗产和文物，对巴黎旧城的破坏一直存在历史争议。

要的一个,面向我本土的传统。另一个,朝向德语文学,它的诗歌,它(曾经的)对于永恒的渴望。第三个,展现的是法兰西文化的风景,它富于洞察力的聪明和詹森主义者的道德主义。第四个对准了莎士比亚、济慈和罗伯特·洛威尔,富于独特的魅力、激情和对话的文学。

有一年八月,这个月份欧洲在彻底休息,我们在最为优美的风景地,托斯卡纳的基安蒂,度过两星期。在一处颇有贵族气派的庄园庭院里,一场室内音乐会在举行,这里曾是十一世纪的修道院,几个世纪以来没有住过修道士,早已成为一座带漂亮花园的宫殿。这场音乐会的观众是那么与众不同,有些是拥有宫殿、别墅和豪宅的富人,也有一些例外(本文作者便是其中之一)。这跨国际的一群人,包括相当数量的英国男人(也有几个英国女人,不知何故,举首投足之间,仿佛决意采取大英帝国的那套陈旧方式),几个美国人,当然,还有一些意大利人,也就是这漂亮宅子的邻居。他们有些人只是来避暑的,另一些则是托斯卡纳的长居者。音乐会以莫扎特的一首早期四重奏开始;四个年轻女子演奏得十分精彩,掌声却相对稀落。我有一点气恼,当场就断定,是该为热情辩护一番了。那些富裕的观众,为什么不能欣赏如此精彩的表演?也许是财富消损了我们的热情?热情演奏的莫扎特音乐,为什么不能被以同等的热情接受?

那个假期我阅读的书里,恰好有一本托马斯·曼的随笔集,其中有一篇《弗洛伊德与未来》,写于三十年代(并曾作为演讲稿)。这一群富人在夏天的音乐会上的反应,与托马斯·曼的一篇随笔之间,有什么关联呢?也许我不过是在托马斯·曼那里,也发现了一种对工作的夏天式的、反讽的态度,他在写作《约瑟夫和他的兄弟》时,正在寻求一种新的心智方向。不用说,托马斯·曼的动机跟一个下午的音乐会上,那群漠然的观众毫无共同之处。在那篇随笔里,托马斯·曼将弗洛伊德的主要目的,解释为工兵在雷区工作类似的性质:

我们要处理能量巨大的爆炸物质。古代神话隐藏着危险；它们是必须拆除的炸弹。当然，我们必须以历史的视角，阅读托马斯·曼的随笔，记住其语境。《布登勃洛克一家》一书的作者，将纳粹主义和法西斯主义视为向神话世界的各种力量，向古代神话的破坏性暴力的一种回归，并希望以人道主义者具有反讽意义的安慰性内容，抵抗这股巨大的恐怖的潮流。但是，这种反讽也并非完全没有自卫力量，它不是一种简单的抽象、象牙塔里的反讽。它也植根于神话，但方式不一样；它无需借助暴力的力量就培育出了生命。

托马斯·曼最终取胜了吗？毕竟，直到今天，最时新的、后现代的各种圈子里，我们还在听到种种类似的论调。的确，反讽已经具有不同的含义；它不再是一种野蛮主义的武器，这种野蛮主义曾经在欧洲的正中心，在它原始的制度里一路高歌猛进。它表现出一种随着乌托邦信念的崩溃而来的幻灭，一种由那些幻想被腐蚀、被怀疑而产生的意识形态危机，而那种种幻想，原希望以末世论的政治理论，取代传统宗教信仰的形而上学基础。不止一个东欧诗人曾经运用反讽的武器，与野蛮——具体说，就是野蛮的、没有灵魂的官僚制度，进行绝望的抵抗（现在是已经过去了——不过，新型的资本主义，难道不也是一个老练的反讽者吗？）。

没有，托马斯·曼并没有获胜，有的是一种不同的反讽。在任何情形下，我们都发现自己正置身于一种反讽与怀疑的景象里；我的四个潜望镜透露出相似的景象。持有自信态度，还在站岗瞭望的最后几个堡垒，也许仅存于我的祖国。

有些作者借助反讽鞭挞消费社会；另外一些作者，则继续发动对宗教的战争；还有一些作者，依然在与资产阶级搏斗。有时候，反讽可以表达一些不同的东西——我们在一个多元社会里的挣扎。而有时候，反讽不过是在掩盖心智的贫困。因为，在我们不知道怎么办的时候，反讽自然而然就会派上用场。我们在后面再做说明。

柯拉柯夫斯基在曾经非常著名的随笔作品《教士和傻子》（一九

五九）里，也曾赞美过反讽。它真是非常有名，不只是在学术圈里。在华沙和布拉格，在索菲亚和莫斯科，可能还包括在东柏林，人们都在热心地研究它。美妙而深奥，它预示了一个全新的观点。它要求人们注意，经久不衰的神学传统无处不在，虽然它采取了当代形式的伪装。僧侣阶层的教士的诸多教条——每个聪明的读者都会意识到，他是在对斯大林主义进行充满激情的批评——都遭到了傻子的行为的反对，他们机敏、诡诈，如普罗透斯①，嘲笑那种建立在教条之上的僵化文明。即使是在今天，这篇随笔依然新鲜如故，保留着它论证的特别力量。这篇文章标志着在对普罗文明的批评方面的一大贡献；同时，它也是从那个时代的情绪中生发出来。从中我们不难听到无数灵感迸发、欢闹的学生酒馆的回声，它们在格但斯克、在华沙、在克拉科夫（无疑还包括所有其他被莫斯科控制的欧洲城市），它是一种反苏式幽默的香槟酒。我们在诗歌中也能捕捉到一种近似于"傻子"的本体论的语调（比如，希姆博尔斯卡那个时期的诗歌，与柯拉柯夫斯基的纲领性随笔就存在很大的一致性）。

柯拉柯夫斯基比他的宣言走得更远——他自身的发展，表明他对神学问题有着不断加深的迷恋（它总是能够激起他的兴趣）。《马克思主义主流》一书的作者，哲学杰出的"技术员"，从来不会毫无征兆地停止切入信仰问题，仿佛说（因为他不是一个诗人，所以永远不会站出来直接说），你不可能永远处在愚人的位置，因为它的意义，已被它的诡辩态度，被它的强力对手不断的挑逗，完全耗尽了。

在一篇晚得多的随笔《世俗文化里神圣的复仇》中，柯拉柯夫斯基写道："一个失去了'骶骨'的感觉的文化，也就完全失去了它存在的意义。"

没有傻子，教士能行；但是，在沙漠或森林的隐居之处，没有人会认出一个傻子。然而，我们的时代，历史的恋青春狂——崇拜那种

---

① 普罗透斯是希腊神话中的一个早期海神，荷马所称的"海洋老人"之一。

堕落的乖张。因此,巴赫金的"狂欢"的观念、对等级制的反叛,能够极大地吸引文学教授,这绝非偶然。

在《艺术的非人性化》一书中,有一节雄辩地题为"注定反讽",奥特加·伊·加塞特直指二十世纪先锋文化的反讽性质,它对怜悯与崇高的强烈嫌恶:"这种不可避免的反讽的冲击……带给现代艺术一种难以忍受的单调无味。"

长时间逗留在反讽与怀疑的世界里,唤醒了我们对不同的,可能更有滋养的食物的渴望。我们可能又有了冲动,想读柏拉图《会饮篇》,第俄提玛关于爱的垂直漫游的经典论述。但是,一个美国学生,在第一次听到这个论述后也许会说:"但是,柏拉图是这样一个性别歧视者。"另一个学生,在读了荷尔德林的《面包与酒》第一节后可能注意到,在我们今天的大都市,再也不能体验到真正的黑暗、真正的黄昏,因为我们的电、电灯、计算机永远不会关闭——仿佛他不想要看到这里真正重要的东西,从白天的狂乱到夜晚提供给我们的沉思之间的那个转换,那个"外来者"。

我们便留下这样一个印象,现在的日子只偏爱无尽的、永恒的旅程中的一段。这段旅行,最好的描述,是借用柏拉图的概念,betwixt,意思是"在其间",在我们的大地,(我们以为)我们可以理解的、具体的、物质的环境,与超验、神秘之间。"在其间"界定了人类的、一个人的无可救药的"在路上"的处境。西蒙娜·薇依和埃里克·沃格林(他们都是憎恨极权主义的思想家,从他们那里,我知道了柏拉图的"在其间"的概念)都运用过这个概念,虽然有某种差别。沃格林甚至使其成为他的人类学里一个主要的概念。

但是,我们永远不可能在超验的领域真正一劳永逸。我们永远不可能真正彻底懂得它的含义。第俄提玛正确地激励我们走向更美好、更高处的事物,但是没有人可以永久住在阿尔卑斯山顶,在那里长久支起帐篷,也没有人能够在永恒的雪地里建起一个家。但我们每天都会低着头站立或行走(要是睡着多好……因为夜晚有两副面孔。是一个"外来者"在召唤沉思,但是也有绝对冷漠的时候,睡眠的时候,睡眠要求完全消灭狂喜)。我们也总会要返回日常平凡的琐事里:在经历启示后,在写一首诗后,我们要去厨房,决定吃点什么;然后,拿着电话费账单,拆开信封。我们不断地,从受到神灵启示的柏拉图,转向明智的亚里士多德……而这,也是应该的,因为如若不然,在上面等待我们的是疯狂,在下面等待我们的就是厌倦。

我们总是"在其间",而我们持续的运动,总是以某种方式暴露出另一边。沉湎于日常,实际生活的庸庸碌碌,我们忘记了超然存在。而在缓缓移向神性时,我们会忽略普通、具体、明确之物,我们背对"鹅卵石",它是赫贝特一首杰出诗歌的题目,在诗中他赞美了石头,安详、至高无上的存在。

但是,崇高与粗鄙之间的联系是复杂的。让我们看看夏尔丹的静物画,看看《有李子的静物画》,它收藏在纽约弗里克美术收藏馆:我们看到的,表面上只是一个厚玻璃做的大酒杯,闪光的搪瓷制品,一个碟子,一个凸肚瓶。然而,通过它们,我们学会热爱奇异、具体的事物。为什么?因为它们存在,它们是冷漠的,也就是说,不会腐烂。我们将学会重视客观性、忠实的描述,准确的探究,在一个如此善于弄虚作假的时代,尤其是在中欧。

"在其间"绝不是悬置于大地和天空之间的某物。对那些努力想要思考和写些什么的人来说,这个范畴也具有一种重要的、双重的警示性。因为我们既不能在高处也不能在地面停留,我们必须密切注视自己,并且——如果我们寻求一个更高的现实——我们必须防范修辞,有些本来值得称道的人就成为了它的猎物。宗教性有时可能导致难以忍受的自我确证,因此,会产生那种在某些教堂才会听到的,心理学(和语言学)的意义上的,华丽的虚假话语。虽然如此,也许我们仍然不应夸大。诗人、哲学家凯思琳·雷恩[①]在她的自传《未知

[①] 凯思琳·雷恩(1908—2003),英国女诗人、哲学家、学者。

的土地》中，就是这样应对这一指责的："现行的道德观念越来越倾向于彻底颠覆已有的规范，这些规范规定了什么该说什么不该说。我们认为，相对于忠实于那些只有我们在跳出平凡之'我'才会浮现的看法，承认低劣的思想和行为就是更'真诚'，因而也更诚实。说出对于崇高、美丽事物的愿望，常常被认为是伪善的自命不凡。"

贝奈戴托·克罗齐也是对的，一九三三年他在牛津大学做过一次演讲，题为《为诗一辩》，其时，他评论说，批评家"天赋一种奇特的免疫力，使他们一生致力于成卷的诗歌，出版它们，添加脚注，讨论不同的解释，研究资料，追寻传记信息，本人却无感染诗歌之虞"。关于教士，他说过类似的话："具有特殊智力的人和特别简单的人，都能感受到宗教的召唤，而不是那些触摸祭祀容器的人，不是教士和教堂司事，他们漠然地履行仪式，甚至有时毫无尊重的痕迹"（当然，并非所有教士都是如此）！

另一方面，"冻结"进反讽与日常的存在是容易的。我认为，这是我们这个历史性时刻真正的危险，而不是那种教士式的骄傲（尽管我们不应忽视宗教的原教旨主义）。此外——虽然我在这里也许并非一个中立的旁观者——热情和反讽，并非两个对称性的概念。只有热情才是我们文学建筑的基础材料。反讽，当然不可缺少，但它只是后来的，它是"永远的微调者"，就像诺尔维德所说的；它更像门和窗户，没有它们，我们的建筑会是坚实的纪念碑，却不是可以居住的空间。反讽在我们的墙上敲打出非常有用的洞，但是没有墙，它只能穿孔于虚无。

我们已经学会尊重事物因为它们存在。在一个充满疯狂的意识形态和乌托邦废话的时代，事物以其微小却顽强的尊严持续存在。这还不是全部：我们也已经懂得重视各种事物，因为与它们相联的一切是彼此不同、尖锐和确定的。没有模糊，没有花言巧语，没有多余。甚至《会饮篇》中的第俄提玛，在她的狂喜状态中，突然转向悲怆——谁知道呢？她也许使我们难堪。我们的神学家——难道不是急于放弃我们清醒的海岸,那个我们仍可以追随他们的地带?我们的浪漫主义诗人,难道不是走得有点太远了吗?

实际上,那些试图降低第俄提玛的话语与荷尔德林的开篇诗节的意义的学生,他们是在保卫自己免受悲怆,好像他们害怕狂喜的经验毁灭性的力量。他们正沿着那个反讽的提词人的声音,被推进我们怀疑的时代。这样,神奇地来回往复,既是古老的又是当代的往复,在有限与无限之间的、在清醒的经验主义与我们对不可见之物的迷醉之间、在我们具体而特殊的生活与神性之间的谈判,停止在一个较低的阶段。不只是学生们如此行事;而是包括了那些在纸上和互联网上发言的大多数,我们的精神的(更确切地说,智力的)主宰者,我们的文化领袖,我们当下的正统人士。

"不确定"与"热情"并不冲突。如果我们想要保持"在其间"的创造性张力,"不确定"(与怀疑不是同一回事!)就绝不能是一个外来之物,因为我们在这里的存在与我们的信念绝不会获得绝对、永久的认可,不管我们多么渴望它。另一方面,反讽也削弱不确定性。当反讽占据了一个人思想的中心位置时,它就会成为"确定性"的一种背反的形式。当然,我们可以挖掘反讽的诸多用途。以兹比格涅夫·赫贝特的诗为例,反讽通常被用来与那个下判决的人、那个真理或律法的探求者(希腊语叫 Nomos)作对,并且经常采取自嘲的形式。真理的探求者狐疑地反观自身——"但要提防过分的骄傲/时不时看一看镜子里你傻瓜似的脸"——但不只是怀疑真理或律法,正如在当代很多作者那里经常发生的,他们乐于对除了自己之外的一切都发生怀疑。

但是,我们应该记住,在一个混乱的时代,任何一个朝向"美"的举动,都可能产生于一种不纯的良知,一种道德上可疑的处境。因此，W. G. 塞巴尔德①在他的一篇严厉的随笔《作家阿尔弗雷德·安德施②》中，嘲笑队长恩斯特·荣格尔③在看到大火中的巴黎时表现出内心狂喜：燃烧的巴黎，美妙的景象！在同一篇随笔的另一处，塞巴尔德写道："在《自由的樱桃》（安德施的自传）中，有些关于周末逃往美学中去的讨论，让作者陶醉于提埃波罗④糖果般的蓝天，这再一次暴露出他自己迷失的灵魂。"

逃往美学中去！我不十分了解阿尔弗雷德·安德施的作品——他是一个在早期曾与第三帝国做过交易的作家——但我认为塞巴尔德也许是对的（当然，荣格尔的部分作品——不是全部——也要求同样的评判结论）。塞巴尔德没有引述安德施更有代表性的声明："对于集权主义国家，我的回答就是彻底的内省。"

今天，任何对文学的状态感兴趣的人都应该明白，到达柏拉图式高度的道路之一，便是伪善之路。同时，我们也不应忽视其他摆脱了伪装的虔诚的道路。塞巴尔德所指责的安德施的虚伪，最可能多是极权制度下一种奇怪的小病，澳大利亚人和爱斯基摩人——甚或对于我前面提及的诗人凯思琳·雷恩，那都是闻所未闻的。也许，今天成长

---

① W. G. 塞巴尔德（1944—2001），德国小说家、散文家。2001年12月14日在英国死于一次车祸。他的代表作《奥斯特利茨》已译成中文出版。

② 阿尔弗雷德·安德施（1914—1980），德国作家、出版家和电台编辑。出生在慕尼黑一个东普鲁士军官家庭，1933年他因组织和领导共产党被关进达豪集中营六个月，后脱党，写作开始转向"完全的内省"，但在精神上仍然反对希特勒。1940年被征入伍，在意大利为美军所俘，后作为战俘到了美国。战后回德国，以编辑出版刊物和做电台编辑谋生，同时写作随笔和自传性作品。1958年移居瑞士直至去世。主要作品有《转折时期的德语文学》《飞往远方》《一个杀手的父亲》等。

③ 恩斯特·荣格尔（1895—1998），德国作家和思想家。曾参加两次世界大战，其早期作品大多美化战争、支持民族主义，有军国主义倾向，后又转而反对希特勒和军国主义。主要作品有《钢铁的暴风雨》（1920）、《在大理石的悬崖上》（1939）、《赫里奥波里斯》（1949），后期作品有《玻璃蜜蜂》（1957）等。他是法西斯统治时期一位有巨大影响的作家。

④ 安乔瓦尼·巴蒂斯塔·提埃波罗（1696—1770），18世纪威尼斯著名的画家、版画家。

的几代人对他也一无所知。美，在极权主义国家是一个特殊的问题。它是身在沃罗涅什的曼德尔斯塔姆渴望从舒伯特和阿里奥斯托获得的东西，也是波兰诗人，许多杰出诗歌的作者和一个政治上完全的机会主义者，雅诺什瓦夫·伊瓦什凯维奇，在波德科瓦·列斯纳渴望的。它是普里莫·莱维在奥斯威辛集中营形容的但丁的诗节。也是瓦特（亚历山大·瓦特，波兰作家）在恶名昭彰的莫斯科卢比扬卡监狱屋顶听到的巴赫。在此，至少做一次重要的修正似乎是适宜的：向"高度"的远征应在个人诚实的状态下进行。

那么幽默感呢？它能与热情共存吗？E. M. 齐奥朗在他身后出版的日记中说："西蒙娜·薇依没有幽默感。但是，如果她有幽默感，就不会在精神生活中有如此大的跨越。因为幽默感常常阻止我们体验绝对。神秘主义与幽默的关系并不和睦。"然而，齐奥朗在其《日记本》中有一则，修改了这一观察。齐奥朗一定是注意到他的评论只有一半正确，于是考虑修正它："让我们说神圣是可以共存于幽默甚至反讽的时刻的吧。但是，如果神圣想更长久，它不能难忍受彻底的反讽……"

然而，很容易想象迈斯特·艾克哈特在大笑，甚至是狂笑。我看不出幽默和神秘经验之间存在什么根本的矛盾；二者都使我们出离暂时的、既定的现实。毕竟，我们都是在一阵大笑和突然涌起的虔诚之感里头往后仰！

关于阿瑟·兰波，保罗·克洛岱尔有一个著名而美妙的评论，1912 年发表于《新法兰西评论》："阿瑟·兰波是一个野蛮国度里的神秘主义者……"这也可以方便地易用来描述所有那些热情地追求隐秘真理的诗人。另外，它同样很适合神秘主义者。怎么可能想象一个驯服的诗人，一个安定的神秘主义者，或者一个白天工作的神秘主义者呢？一个喜欢狩猎的诗人？悲哀的是，我们知道，多么容易就遇到一个满足的吟游诗人和自得的神学家。但是，真正的寻求却只能在"野蛮的国度"进行……克洛岱尔就是一个很好的例子。他的《五大颂歌》就有神奇的、"野蛮"的段落，而他后期的宗教诗却打上了广泛的"教化"的标志。

"我们一定是犯了一种给我们带来诅咒的罪，因为我们已丧失全部的宇宙之诗"西蒙娜·薇依说。有人会反对这一观点："也许，但是我们也获得了某些东西，我们对降临于我们自身和身边之人的不幸变得易受感动了，我们使自己免于折磨诗歌爱好者的那种冷漠。远胜于此的是：我们变成了细致而挑剔的社会现实的观察者。"我并不轻视这一点：一种批评的姿态（只要它不是武断的形而上学），它是非常重要的，而且如果我在此说到对于不同寻求的需要，我并不想被误解为一个试图用宗教关怀来拒绝社会批评的人。毕竟，东欧从前的异议者绝不会低估，在我们这个社会里诚实而无畏的批评的重要性——即便时间过去，他们的兴趣已经发生变化。如果忘记这点，我们就会成为白痴……

但是，诗是什么？

任何一个浏览过大图书馆目录的人，都会发现大量"为诗一辩"的变体文章。它几乎成为一个专门的文体，有其庄严的传统（菲利普·锡德尼、雪莱和贝奈戴托·克罗齐是其经典）。同时，这也是一个绝望的文体，它里面有着某种惊慌失措的东西。其中有些题目本身，力图使我们相信诗歌的"必要性"、活力、不可或缺，尽管如此，听起来却可疑地接近于投降。如果你不得不那么费力地坚持……像约瑟夫·布罗茨基这样的作者，更容易就让我们相信，因为他们是那样满怀激情地在为诗歌辩护——有时是那么一种迷人的傲慢——幸运的话，他们会使对手处于防守的位置（不幸的是，对手往往并不知道他们已岌岌可危；为诗歌辩护的文章，总是只有诗歌之友在阅读）。

幸运的是，我们并不确切地知道诗歌是什么，而且我们不应以分析的方式弄清楚。没有一个唯一的定义能够定案（存在许多诗的定义）。我也没有下定义的雄心。虽然如此，看到诗歌的运动"在其间"的过程，就有某种迷人——无论它是作为一种提升我们的重要工具,还是作为一种激情先于反讽的理解途径。而热情,大地的热情之歌,我们以我们自己的,并不完美的声音与之呼应。

我们需要诗歌正如需要美(虽然我也听说在某些欧洲国家这个词被严格禁止)。美,并非仅为审美家准备;美是给每一个寻求严肃道路的人的。美是一种召唤,一个承诺,正如司汤达希望的,如果不是一种幸福,那么也是有关幸福的伟大而不懈的行程。

"我们一定是犯了一种给我们带来诅咒的罪,因为我们已丧失全部的宇宙之诗。"我们不仅失去了全部的宇宙之诗(我们每天都在失去一点,这就证明,逻辑地说,我们还没有彻底失去,一段时间以来我们一直生活在一种失去的状态之中,正如某些政府很兴旺而外债连续增长)。我们也体验了托马斯·曼在《魔山》中,精确描述过的那种分歧的感性。宇宙之诗已经分裂——就像现代科学家,一个分子生物学家观察到的细胞——分裂为纳夫塔的恶魔似的私语与塞塔姆布里尼①的人道主义的话语。

不是托马斯·曼发明了这个分裂;它更是一个谨慎观察得到的诊断。

这是我们这个时代的不幸:那些从不犯错的人是错的,而那些常常犯错的人是对的。恩斯特·荣格尔涉及"实质"的一些观察,《关于文化之定义的笔记》中的托·斯·艾略特,以及其他许多保守的作者,他们对具有现代性的人的分析,也许没有"本体论"意义上的错误。但是,一方面,他们完全沉浸于二十世纪历史的要素,而全然无视我们从自由民主制所获得的明显(和脆弱)的好处。另一方面,那些异常敏锐地分析我们的政治纷争、对待不公平的人,经常从精神

---

① 《魔山》里的人物。塞塔姆布里尼是一个资产阶级的民主和自由的意大利学者,有着进步的民主主义思想。纳夫塔是一个屠夫家庭出身的神职人员,鼓吹战争的正义性,主张用恐怖手段来解决一切问题。从他身上,可以看出以后诞生在欧洲土壤上的法西斯主义的萌芽。另外,左派、右派、骑墙派在小说里一应俱全,各种思想杂陈。

上感到茫然。也许,这与查尔斯·泰勒在《自我的根源》中杰出的观察有联系:在我们的时代,启蒙价值在公共机构里获胜了,至少是在西方,而在私人生活中,我们却沉湎于浪漫主义的贪求无厌。每当公共、社会性问题利害攸关时,我们就赞同理性主义,而在家里、在私下,我们不停地寻求绝对,而且我们不会满足于我们在公共领域里业已接受的结论。

反形而上学但政治上可靠的自由左派(或者不如说"中间派"),和潜在地险恶而精神上实际的右派:一个人可能如此归纳我们时代奇特的分歧。

因为我们难道不是仍在对付着《魔山》中的人物吗?魅力无比的塞塔姆布里尼,作为嘉宾出现在电视新闻报道里,或者在广受欢迎的报纸上开辟专栏,不是仍然在为民主和人文价值辩护?我们兴趣盎然地倾听,阅读他的文章,间或怀疑他的某种肤浅。而恶魔似的纳夫塔,虽然我们格外地不喜欢,可是,他对文化世界的特别洞察力,不是有时也能令我们感到惊愕不已?很难在电视上看到纳夫塔;但他常常在不出名的、绝大多数快乐的普通人听也没听说过的杂志上发表他的观点。

当议会选举临近,我们本能地倾向于塞塔姆布里尼,因为我们感到,尽管他有些凌乱,但他仍能将我们引向一个合适的政党,也许它不能拯救我们(选举也不关乎拯救)!但是它也不会使我们误入歧途,走入深渊,走入某个悲惨、极端的政治结局。

然而,一旦选举的狂热缓和,当代文明的体面风景恢复其原状,难道塞塔姆布里尼不是开始使我们感到一些厌烦吗?我们不是开始想念那个有趣的纳夫塔先生吗?难道我们不是渴望与他聊聊我们形而上学的焦虑(毕竟,他是一个行家)?难道他没有以他关于世界的根本统一的观念让我们着迷?我们会原谅他令人尴尬的幽默感,他的不雅,只要他能唤起奇异、尖锐的形而上学的战栗,这是我们时常需要的,也是那个亲切、诚实的塞塔姆布里尼不能提供的。

另一个例子：在路德维希·罗内尔多年前编辑的一本德语随笔选集中，我偶然读到路德维希·库尔提乌斯①（不要与优秀的批评家、文学史家 E. R. 库尔提乌斯混淆）写于一九四七年的随笔小品《相遇在贝尔维德勒的阿波罗塑像前》。在随笔中，库尔提乌斯讲述了他和一个年轻德国建筑师的会见（无论真实的还是想象的故事），那是一个神奇地逃过大战屠杀的退役老兵——作为一名士兵，他曾被征入纳粹德国国防军，派往不同的前线打仗。这个建筑师被最近一连串的恐怖事件弄得疲惫不堪，跟这篇随笔的作者一起度过了三个晚上，有三次不同寻常的演讲。争论的起点是贝尔维德勒的阿波罗塑像，它曾被温克尔曼和歌德尊崇，但是，后来被证实为一件罗马的仿制品，就像其他很多雕塑一样，因而它的声誉在很多专业艺术史家眼里便大受损害。无论如何，这位年轻的建筑师仍然忠实于阿波罗塑像，并从中看到一种罕见的品质，他称之为"庄严"，并且发现这正是很多当代艺术品缺少的。第二天，他讲到了"均衡"在评判方面的重要性，更重要的，是对建筑作品的体验。最后，到了第三天，他充满激情地谈到伟大艺术作品里的"神秘"，就像隐藏于它们之中的苹果核。

我们在此听到的路德维希·库尔提乌斯演讲的简略版本，的确非常漂亮。

第四天，这位高超、严肃的建筑师离开了——他永久地驶向了阿根廷。这样，读者就不能确定，随笔作者交往的人物，是否寓言性多于真实性。因为整篇随笔也许被读作向德国文化里形而上学要素的一个告别。随笔的作者，更年长也更老练，深为他年轻的同行倾倒，通过他也向德国知识阶层的象征性的未来道了别。

同时我们也希望"假如这位年轻建筑师并非出于寓言目的的虚构"，他并非出于什么严重的原因，需要去往阿根廷逃避后来同盟国

---

① 路德维希·库尔提乌斯（1874—1954），德国考古学家，因对希腊和罗马艺术的调查发展而闻名，著有《古代艺术》《古罗马》《庞培的壁画》。

的法庭（请记住，所有这些，都发生在罗马，而我们知道，罗马在战争才结束的那些年里，名声不是最好）。

这最后一个怀疑是有前兆的——但也近乎是必然的。热情，形而上学的严肃性，强烈意见的危险表达，在今天都是可疑的。它们很快被送上被告席，甚至无需漫长、认真的调查。但是，我必须承认，在此情形下，对年轻建筑师在战争期间个人历史的怀疑，也出现在我的头脑里。

然而，一个更带普遍性的问题，很不相同地出现了。这种精神的分裂，这种改变的迹象，这种正在发生的分野，出现在赞同启蒙运动的塞塔姆布里尼与更喜欢中世纪（或浪漫主义）的纳夫塔之间，这种分裂意味着每一个体验到宗教渴望的人，都必然被怀疑为"右翼分子"——这仅仅只是一种身份的赋予？或者，这种当代的不幸是可治愈的？

毕竟，并非每个现代作家都适合这些分裂的法则。西蒙娜·薇依很可能无须担心来自《魔山》的二元分类的测验。或者以切斯瓦夫·米沃什为例，其作品的智性和诗性一样丰富。他作品的标志之一，就是无视那些意识形态的简单分类。毕竟，米沃什是《乌尔罗地》的作者，除了别的不谈，这篇随笔的题目，取自布莱克的个人神话。这本书指控我们的时代全然漠视形而上学的问题。它悲哀地检视了在我们的时代宗教想象力的缓慢衰退。然而，米沃什实际上不能被称作"保守的"作家、纳夫塔的追随者。当然，他还是《被禁锢的头脑》的作者，这本书中，仍然在那些还只能梦想实行法治的国家的知识分子群体中，被满怀热情地研究（我听说古巴的知识分子近来一直在读它）。米沃什既写了《乌尔罗地》也写了《被禁锢的头脑》。细心的读者在这两本大不相同的书中，肯定不会找到一种共同的语言，两本书的语言属于两种互不搭界的知识分子的派别。但是，无论如何，米沃什在设法调和形而上学的强烈渴望与他对自由文明的关注（这是他在公共论坛里不止一次地表达过的）。

让我们听听:

    我闭上眼睛。不要催我。
    火,权力,强力,时间还早。
    很多年了,像在这做了一半的梦里,
    我感到我在到达那移动的边界
    在它那边颜色和声音变得真实
    大地上的事物合为一体。
    不要强迫我开口。
    让我期望并相信,我会到达。
    让我徘徊在这里,在密特伯格海姆。

    我知道我应该。它们和我在一起。
    秋天,木轮和烟叶
    悬挂在屋檐下。这里和任何地方
    都是我的家园,不论我身在何处
    以何种语言,我都会听到
    孩子的歌曲,情侣们的交谈。
    比谁都快乐,我将收到
    顾盼,微笑,星星,在膝盖上
    弄皱的丝绸。平静,注视着,
    我走在山中,在柔和的天光里
    在水面、城市、道路、人类习俗之上。

    火、权力、强力,将我抓在
    你的手掌,它的皱纹
    像被南风梳理过的
    巨大的峡谷。你承认必然

在恐惧的时刻，在怀疑的星期。
时间还早，让葡萄酒成熟吧，
让旅人入睡，在密特伯格海姆①。

  这是《密特伯格海姆》一诗的节选，米沃什写于一九五一年，其时，正如我们从他自己的评述里知道的，他正受到二十世纪中期意识形态和政治性问题的折磨。此前，他受到波兰流亡者团体的无情攻击，在为本国外交部门效力几年后，他已经"选择了自由"。这些攻击令他绝望，导致他对诗歌的怀疑。阿尔萨斯地区的密特伯格海姆，一个乡村，或者说是小镇，朋友们邀请了他去那里——令人感到愉快的巧合是，这个地名本身有着"山"、"中间"和"家"的多重含义——仿佛给他提供了内心重生的可能性。他有了一种新的精神体验，对于"其他事物"的体验，这种体验是一个人在窘迫之时很难遇到的，尤其是在四五十年代的巴黎，一个被意识形态浸透的大都市，就像一块海绵吸满水和肥皂泡沫。这是一种对自然、世界、火的全新的体验。

  这个阿尔萨斯的小镇，向诗人显示了一个超越二十世纪中期那种典型的意识形态争吵的维度。这个阿尔萨斯的小镇，或者说，眼前这个世界，既是古老的又是当下的。这是一个群山、葡萄园、农舍厚壁组成的世界。

  在米沃什的所有作品里，不仅是在这首诗歌里，我们都会看到一种不间断的精神漫游，这种漫游发生在观念与超然存在之间、发生在集体生活里对诚实和透明的需要与对善的需要之间，换句话说，这是一种不可遏制的渴望，渴望更多事物、启示、狂喜，在其中，某个更高的意义得以显示（却永远不会全部、完全清晰地显示）。米沃什承受巨大压力的特殊能力，从社会性层面转向形而上学领域的能力，赋

---

① 此诗由切斯瓦夫·米沃什和理查德·劳里译成英语。

予他一种巨大的诗的能量,一种在今天十分罕见的能量。这源于他自身的能力,它将"在其间"的状态,转化为持续而富于活力的对于思想和精神价值的探求,这正是一个艺术家毕生的工作。

尼采的信徒,也许很易想起安泰的神话,在接触大地那一刻他便重新获得了力量。在诗歌中,米沃什改写了这个神话,给了我们一个新的安泰,他在同时接触大地和天空时才会恢复自己的力量。

米沃什诗歌(和随笔)方面的才能所具有的双重性,他审慎的、对于集体生活中的真相与对更高的、令人心醉神迷的真实的专注,使他能够创造大量作品,在它们面前,纳夫塔和塞塔姆布里尼都必须驻足——不仅是带着深刻的尊重,而且怀着浓厚的兴致。那么,真正的热情,也许并不分裂;它带来弥合。它既不引起狂热,也不导致原教旨主义。也许有一天,热情将重返我们的书店,重返我们的智者中间。

粗鄙与崇高

没有无高度的诗……

——菲力普·雅各泰

无论何时,当我们谈论比具体事物(如我们窗外的风景:一棵樱桃树枝,以及它后面午后多云的天空)更为普遍的事物,我们就要冒着被指责为武断的危险。你可以这么说……批评家会嘲笑说……但是应该有完全不同的说法。在普遍命题的领域,混乱盛行,类似一个团的军人外出春训后,遗弃在身后的营房里的那种混乱。

我不喜欢这个指控:诗人对于被指责为武断,尤其敏感。诗歌,毕竟总是涉及精确与具体;正如鲁道夫·卡尔纳普[①]可能会说,词语不是通过经验的、可量化的观察来证实的。它们通过已然的存在,通过体验,通过我们自己的生活,通过沉思和启明的时刻来证实。但是它们是被证实的。它们并非任意呈现。只有每晚都要喝下几瓶啤酒的物理老师,才会以为诗歌是一个具有特别许可证的领域。

但是,当一个仅在诗歌的具体领域独自工作的人,冒险进入普遍命题的领域的时候——就像一个木匠被要求谈论欧洲森林管理的问

[①] 鲁道夫·卡尔纳普(1891—1970),德裔美籍哲学家。逻辑实证主义的主要代表。主要著作:《世界的逻辑构造》(1928)、《语言的逻辑句法》(1934)、《语义学导论》(1942)、《可检验性与意义》、《逻辑的形式化》(1943)、《意义与必然性》(1947)、《物理学的哲学基础:科学哲学导论》(1966)等。

题——他一定护住他的额头,深吸一口气,快速、毫不退缩地穿过这个危险的地带。这对我来说,也是这样,最近几年的写作和思考似乎变得贫乏、苍白和贫血。更具体地说,最近几年的写作——以诗歌为例,因为这是我着力最多的所在——明显的标志是,在崇高与低俗之间、在内在生活的有力表达与自我满足的手艺人的絮絮叨叨之间的不均衡。我有一种感觉,我们面临的是一种怯弱的缓和,特别就文学的天职来说,一种逃避与妥协的策略。而且我认为,崇高风格的式微,粗鄙、冷淡、反讽、会话体的呈压倒性的优势,是其主要的症状之一。

首先我要声明我不想像一个保守主义者那样讲话。我并不建议回到中世纪的基督教、文艺复兴,甚至不想回到近在手边的某个东西,比如欧洲的浪漫主义。而且我也不想哀叹天才的缺乏,因为我并不认为我们缺乏具有天才的作家。我只想描述我所看到的情形,并随时冒着失言的危险,被误以为是改头换面的社会主义者、运动员、集邮者或教育和卫生房屋的支持者。我不想提出诊断;一个人在年轻和充满抱负的时候会提出诊断,但后来会是沉思,至多是苦恼,有时伴随着类似苦笑的东西。

这一切是怎么开始的?我们知道吗?

有时,我们可能意外地看到欧洲文学在转变前的曾经的样子。在罗伯特·格雷夫斯[①]非凡的自传《向一切告别》中,我们发现下面描

[①] 罗伯特·格雷夫斯(1895—1985),英国诗人、学者、小说家、翻译家。专门从事古希腊和罗马作品的研究。在他漫长的一生中,他创作了一百四十余部作品。他的回忆录《向一切告别》(1929)讲述了他在第一次世界大战中的经历。

写他与西格夫里·萨松①会见的文字:

> 那时,西格夫里·萨松已经出版了一些自印的具有一八九〇年代味道的田园牧歌式的作品……我们走进一个蛋糕店吃了奶油面包。这时,我正在弄我的第一本诗集《火盆之上》,准备印刷出版;在我的袖珍本里,有一两首诗的草稿,我向西格夫里·萨松出示了它们。他皱起眉头,然后说,战争不能用那样现实主义的方式来写。作为交流,他给我看他自己写的一些诗。其中一首是这样开头的:
>
> > 返身迎接我,是我所喜爱的缤纷色彩,
> > 但不是那些被屠戮之人不幸的殷红……
>
> 西格夫里·萨松还没有到过那些战壕。我告诉他,以我作为一名老兵的口吻,说他很快就会改变他的风格的。

第一次世界大战的战壕可能导致了一种无可避免的风格改变。它们直接推动作家们沿着一种愤怒的现实主义方向前进。它们是否也导致了人性的渐进的演变?格雷夫斯的一代与维多利亚时代巧舌如簧的演说家、激情的雄辩家、像邓南遮②那样夸张修辞的滥用者有过一场

---

① 西格夫里·萨松(1886—1967),英国近代著名的反战诗人及小说家。他出生于伦敦的上流社会家庭,曾就读于剑桥大学,第一次世界大战爆发之前自愿参军,并在一战的战场上表现英勇,屡建功勋。但是,战场的残酷和战友的阵亡让他深深体会到战争的祸害,1917年他退出了军队。后以大量诗歌文学作品表明反战立场。代表作《于我,过去,现在以及未来》,其中"我心里有猛虎在细嗅着蔷薇"成为脍炙人口的经典。

② 加布里埃尔·邓南遮(1863—1938),意大利诗人、记者、小说家、戏剧家和冒险者。他常被视作贝尼托·墨索里尼的先驱者,在政治上颇受争议。主要作品有《玫瑰三部曲》。

激辩。杰出的诗人埃乌杰尼奥·蒙塔莱建立了自己的诗学,严格反对像邓南遮那样的夸张风格。首先,格雷夫斯的一代鄙视新闻记者和将军们的歇斯底里做派。格雷夫斯从前线回到英国后回忆说,几个月后他就不能忍受那些宣传家的爱国主义者的句法。他厌恶地引用一个"小妈妈"写的一封信,这封信意在劝勉其他母亲,应该庆幸她们的儿子英勇地为国捐躯!格雷夫斯经历过战争的恐怖、战壕的耗子、向"无人高地"的一次次进攻战役。那里埋葬了一具具英国、德国士兵腐烂的尸体,他现在要面对、反抗的,就是英国沙文主义的种种鼓噪。在一次战争期间,将军们——还有他们的妻子——往往采用崇高的风格。它自然进入到宣传机构的服务中。

在第一次世界大战的战壕里,而更难以想象的,是在第二次世界大战的集中营里,人们看到了人所不该看到的东西,那是在和平时期里,只有少数的不幸者直接面对谋杀自己的人才会看到的东西。几乎不可能以一种可靠的、一成不变的方式,创造一种能够适应这种新体验到的极端恐怖的艺术,"揭示"现代历史的深度于万一。这些极端体验不可避免地导致对莫扎特的奏鸣曲和济慈的颂诗的拒绝。有人肯定会出来坚持说,文学只是文学而音乐只是音乐;而这个像约伯一样深受折磨的人(或者,只是一个著名学府的早熟的大学生),他是对的。这只是文学,只是音乐。那是我们所有的最好的东西。

年轻的塔杜施·鲁热维奇,作为诗人,他并非来自集中营,而是来自慷慨地隐藏了二战时期游击队员的森林,他起的作用,相当于使波兰诗歌发生一种转向。他剔除了诗歌里繁复的句法、它天鹅绒似的微笑以及巴洛克式的修辞堆砌,而代之以表达的极端的质朴无华。

可以肯定,这种风格的简化,它往往能够取得惊人的成功,并且在艺术中展现新的前景,这是由多种因素引起的。现代性的压力体现在各种艺术形式中,不只是在诗歌里。社会批评的冲击,源自启蒙运动,并且加上奥特加·伊·加塞特称之为"大众的反叛"的东西,结合了未能说服大众接受其想象的浪漫主义诗人幻灭的力量(法国文学史家保罗·本尼乔细致地分析过这个现象),并使诗歌浸透了冷嘲热讽的幽默。路易斯·麦克尼斯曾经说过,奥登努力"把灵魂在电报中讲清楚"。奥登和其他一些人有能力努力实现这一点,但是,也从来不乏诗人,几乎被这种表达的质朴的方法完全瘫痪、废掉;他们的灵魂成为了电报形式本身。

问题是至简——每个寻求着美和真理的人都在梦想它——只有在与繁复、巴洛克的形式对比之下,才能达到它惊人的效果,结果是它并不能持久。转换的时刻,对比的瞬间,往往很快就过去了。这就像一次外科手术的过程,不应该持续时间太长——除非你忘记了病人。塔杜施·鲁热维奇仍然是一个卓越的诗人,但是,今天他已很少获得他早期作品的那种近乎超自然的简朴。

悖谬的是,在恐怖状况的影响下产生的美学的净化,在震惊后发生的艺术的简化,从长远来看,往往导致一种既不能表达恐怖,也不能表达震惊的美学(值得注意的是,无论经历过纳粹恐怖的米沃什,还是未能从斯大林主义的噩梦中幸存下来的曼德尔斯塔姆,都没有成为虚假质朴性诱惑的俘虏)。

我再举一个例子。我的朋友茨维坦·托多洛夫,我们意见常常一致但偶尔也相左。几个月前,他发表了一篇题为《赞美平凡》的随笔,这是一篇关于荷兰绘画艺术的黄金时代几幅绘画作品的文章。托多洛夫恰当地称赞了几个荷兰大师,关于他们,你可能会说,因为他们,"世界的真实才不至于无人注意"(聂鲁达语,转引自谢默斯·希尼)。这里是世界的真实,在诗歌幽暗的内部,在这些静物画里,死的自然,揭示出它微妙事物的存在,在这些画中,洋葱和韭菜获得了皇家丝绸的尊严,男人和女人的肖像,他们既非国王也非王子,却值得怀着深情来描绘。我们应该如何理解这些画家的敏感性?我们这些人,常常担心真实在我们的手指下融化,而对这些画家来说,即使是一些电影,不像电视的振动电子,在某种意义上似乎也是令人愉快地过时了,因为他们能够至少偶然地传达人和物体纯粹、不透光的存在。

但是,托多洛夫优雅的随笔的目标,超出了对于艺术史的哲学性论述。这篇文章服务于一个规范性的、规划性的目的。它试图建立一个生活的范围——以及相应的艺术领域——其中,某些元素被排除。在《赞美平凡》一文中,提出了一个生活和艺术的规划、一种反形而上学的规划。它赋予"平凡"一种特别的本体论地位。我们必须崇拜"平凡",珍惜它,为了不至于从怀旧、乌托邦抑或是幻想之中去寻求避难所。它召唤我们生活在当下,根植于现实中。但是代价呢?托多洛夫是这样说的:

> 风俗画家仅仅断绝与历史的联系并不会满足。他做出选择,并且是一个非常严格的选择,在所有构成人类的肌理的行动中做出选择。他断绝一切超出普通事物的表达,却仍然令大多数的凡人无法进入。这里没有任何留给英雄和圣徒的地方。当卡雷尔·恰佩克①访问荷兰时,他说过,荷兰画家一定是坐下来作画的……

我完全反对这样的修剪,如此对现实的压缩,这是对人的生活和艺术!——所做的收缩处理,将它们缩小到一个不能搁置英雄和圣人的区域。不是说我想要宣扬英雄主义或撰写使徒传,我考虑到其他的事情。在审美的层次上,与崇高的联系赋予我们"英雄"和"圣徒"的等值物。这种联系从来不是不含杂质的——如今,我们有了如此厚的外壳,以致我们也许不能忍受只传递"崇高"的史诗,它不能娱乐我们,同时也不能迷惑我们。但它对于艺术,仍然是不可或缺的。我们时代早些时候写下的作品,最后并没有使我们与朗吉弩斯以及他

---

① 卡雷尔·恰佩克(1890—1938),捷克著名剧作家和科幻文学家、童话寓言家。

关于崇高的论文拉开多远。文学的百科全书提醒着我们,"崇高"不是一部作品的形式特征,并不能通过修辞学的分类来定义。崇高是"从作家的灵魂跃向读者的灵魂的火花"。这一点根本改变了吗?我们难道不是仍然贪婪地等待着那样的火花吗?

我们读诗当然不是为了讽刺或反讽,不是为了批评的距离、博学的辩证法或机智的玩笑。这些相称的品质在其适当的形式里表现得更好——在随笔中,在学术册子里,在反对派报纸发表的抨击文章里。而在诗中,我们寻求与精神启示相伴的想象、热度、光焰。简单来说,在诗里,我们期待着诗。

托多洛夫的姿态是危险的——它撕裂现实丰富的肌理,我们从以前的世代所获得的整个背景,这是我们有义务完好无损地传递给未来世代的东西。它是一个由人类的经验组成的网,其中有些空间是给英雄主义和圣徒、疯狂、悲剧和理性的——还有欢笑,当然,还有平凡,因为平凡也是美丽的。然而,它是美丽的,至少是因为我们从中感到了也许会出现意外的事件,神秘的、有英雄气概的、超常的事件。平凡就像平静的、低低流淌的河流的表面,水面上有微妙的水流和旋涡,预示着可能或不可能到来的激流和洪水。现在天空中沉默的闪电没有使我们不安,它们只是遥远风暴的预兆。但是,那些风暴有一天会到达我们身边。"平凡"这一概念遗漏了英雄主义和神圣的可能性——悲剧的颤抖仍然在远处——它一如既往、毫无变化。此外,"平凡"的概念,对于生活而言也是不真实的,因此,不能成为具有说服力的美学的本体论基础。我希望,我并未被束缚于波兰评论家卡罗尔·伊日科夫斯基所谓"对于悲剧曲高和寡的狂热";但我坚持认为,与崇高的彻底断裂,最终必然导致一个只是在电脑上下下棋的世界,而非生活的、凡人的、人性的世界。

托多洛夫在其随笔一节的末尾,描述了彼得·德·霍克的一幅题为《母亲和孩子》的画,此画现在挂在柏林。在这幅画的背景里,我们看到一个小女孩凝视着这个世界。"这女孩什么也没看,"托多洛夫写道,"她转眼朝向外面的空茫,心动于这使她游离真实世界的一刻。整个的生命,无限的宇宙,驱动着她。她在向光明致意。"

这是我最喜欢的章节之一,其中,我们看到一个办法,修正托多洛夫的狭隘规划,虽然这个规划是尚未实现的。正是因为展现在这胖女孩前面的世界是无限和神秘的——油画只是暗示出了"这个世界",就如北方的日光,通过半敞的门,侵入这舒适的有产者家庭的内部——它一定包括了已知和未知两个领域。无论英雄主义,还是神圣性,不能被自动地排除在外,这是比排除紫外光或者将死者从地球上清除更为严重的事情。但是,托多洛夫就是想要这个;他想净化地球,缩少它。

《赞美平凡》是一篇杰出的作品。我第一次读它时,完全被它折服。不过,它有背信痕迹,破坏信念。它泄露出一种与我们这个非英雄化时代的情绪很强——太强?——的联系。但是,一个职员的职责肯定也要使他本人向职位之外的世界打开。他必须思考和判断,而不屈服于时代的倾向。"哲学是时代的裁判,当它成为时代的喉舌时,事情就糟糕了。"鲁道夫·潘尼维兹①看到了这一点,霍夫曼斯塔尔在他令人惊讶的著作《朋友之书》中也如此认为。

在如今,崇高的事物当然必须以不同的方式来理解。这一概念必须剔除其新古典主义的浮华,其过高的舞台布景,其过分的戏剧性。今天,"崇高"主要是指对世界的神秘、形而上的战栗、惊讶、启示,对一种不能用语言表达之物的接近(不必说,这些战栗必须出自以具有说服力的艺术形式)。

我提到了"疯狂",这是构成那个伟大的现实的要素之一,我们接受那个现实,只因为我们的出生这个重大的偶然事件。杰出却罕为

---

① 鲁道夫·潘尼维兹(1881—1969),德国作家、诗人、哲学家,主要研究自然哲学、尼采。

人知的意大利随笔作家尼古拉·乔洛蒙蒂①——一个政治移民，反法西斯主义者，安德烈·马尔罗和阿尔贝·加缪的朋友，一九七二年一月在罗马去世——曾在一篇论述莎士比亚的随笔里写道：

> 但是在今天的世界，疯狂已经因为教条的原因被取消了：在我们的世界，只有最严格的理性主义发出声音，因此，荒谬在各个方面喷发，而人类的疯狂坚持要求其应得的份额，转而成为一种苦涩的反叛和毁灭的激情。

我们伟大的现实显然也包含许多其他的要素。我们能够全部计算吗？我们应该吗？

它们不只包括黑暗、悲剧、疯狂，同时也包括欢乐。几天前，我在重读耶日·斯蒂姆坡夫斯基②的随笔。他是波兰主要的随笔作家，作为一个谦卑的移民，他后半生在瑞士度过，一九六九年在伯尔尼去世。我又读到一段令人惊讶的引自莫泊桑的话——令人惊讶，是因为你想不到会从自然主义者那里得到形而上学的礼物！较早以前，我肯定曾经读到过，但是，这一次它的力量还是打动了我。

> 我不时会体验到奇异、激烈、短暂的美的幻象，陌生、难以捉摸，从某些词语或风景、从世界的某种色调、从某些时刻里，浮出几乎不能察觉的美……我无法描述，不能言传，我无法表达或形容它。因为这些时刻我才活下来……没有别的理由，没有别的原因活下去……

---

① 尼古拉·乔洛蒙蒂（1905—1972），意大利作家，著名的左翼知识分子。1934年反对墨索里尼的法西斯主义逃往法国，1941年到纽约。主要著作有《历史的悖论》。
② 耶日·斯蒂姆坡夫斯基（1894—1969），波兰随笔作家。

"奇异、激烈、短暂的美的幻象"——我们怎能没有它们而生活!"我无法形容它。"莫泊桑说。而我们在他的札记里发现某种非常熟悉却难以传达的东西。在这样的时刻,一个人体验到某种难以理解、尖锐的东西,既奢侈,又绝对的根本。

奥利金①认为,那些完全沉浸到一种宗教的实质性内容的人,他们活在一种永恒欢乐的精神中,这是永无休止的节日。只有新信徒,他说,需要官方教会节日的费力激励!很显然,今天我们谁也不是那些完全沉浸其中的人。我们的节日只持续片刻。

美的这些短暂的启示,与巨大的悲伤、无法抗拒的、悲痛的时刻,以某些奇怪的方式相辅相成。然而,它们任何一个也不是纯个人的心血来潮,一种起伏的情绪;喜悦和悲伤都对应现实里的某个事物。我们并不确知是什么原因引起美的感受;痛苦的原因常常是更容易推测。

这种无常和持久的混合,消失与遗留之物的调和,仍然是我们现实的又一组成部分——也就是说,如果我们不是选择做一个简化论者。一个工人的铲子可能突然发现一袋镜片,在一堆平凡、粗糙、无光泽的矿藏之中,闪烁着黄金的光芒。平凡和不朽的时刻,同样混杂在我们日常存在的丰富性之中。我想,前者比后者多得多,但是,谁知道呢?有人计算过吗?

我不想罗列那些享有各种不同地位的诗人,他们充满激情地赞美诗歌,为了否定其他具有交流价值的形式。伟大的、被人哀悼的诗人约瑟夫·布罗茨基甚至说过"任何遵守交通法则的人,此前已经清楚地读过诗歌。"对于布罗茨基来说,美学先于伦理。但是,当我在看经典电影的时候——我妻子和我看过马塞尔·卡梅的传奇影片《雾

---

① 奥利金(184或185—253或254),出生于埃及亚历山大城的作家、基督教神学家。

港》(1938),维希政府①的宣传指责这部电影使法国士气低落,因此导致了一九四一年的失败——我在感动的同时,也感到了无趣。电影远比其他艺术形式老得快。任何时期的"世界之眼"都在影片里到达它的最高点。人们的看、走路、拍摄方式、拍摄角度、时尚(衣着、化妆、微笑、手势、愤怒和感情):所有这些微小的"时代性"每到八年或十年就改变一次。与现实主义小说不同,诗歌很大程度上忽略了它们。但它们却常驻在影片之中,就像老化的照片一样褪色。诗歌是褪色最少的艺术。

我知道,这种想法可能是可笑的。好莱坞每分钟都在发行新影片,新片《泰坦尼克号》,与原来那些关于成功的航海影片不同,在放映过程中,获得了数十亿美元的收益。关于诗人,我们什么也没有听到(甚至比"没有"还少),然而,这些无足轻重的人中竟然有一个人敢怀疑这些梦工厂产品的持久价值!

诗人——比"没有"还少!胡戈·冯·霍夫曼斯塔尔②在他的随笔《诗人和他的时代》一文中,将诗人比作中世纪的圣徒亚历克西斯,随着时间流逝,这个比照变得更为恰当了。

> 难道他不是很像古老传说中那个高贵的朝圣者吗?他受命放弃他高贵的家园、妻子和家庭,前往神圣之地;当他从那里返回,就在跨进门槛的时候,却不被允许进入自己的家,因为他伪装成了一个谁也不认识的乞丐,于是他占了仆人住的地方。仆人吩咐他住到楼梯下面去,那是在夜里关狗的地方。在那里,他看见他的妻子、兄弟和孩子上上下下楼梯,听到他们讲他如何走失甚或已经死去,因此他发现,他们是怎样哀痛地怀念他。但他已经受命不能让人认出自己,所以他在自己的家里,不为人知地继

---

① 维希法国,是二战期间纳粹德国占领下的法国傀儡政府。
② 胡戈·冯·霍夫曼斯塔尔(1874—1929),奥地利诗人、戏剧家、随笔家。

续活下去……由此证明,房子的主人不能掌握他的财产——因为,房子的主人能够占有一到晚上就充满他客厅的黑暗吗?能够占有厨子的傲慢无礼吗?以及一个固执男孩的自负、一个最温顺的女仆的叹息吗?而住在黑暗里的他,却能像一个精灵一样拥有他自己的一切!

我不知道波兰诗人喀齐米拉·伊拉柯维支沃娜①是否会回应霍夫曼斯塔尔的文章,她写过一首诗,其中,圣徒亚历克西斯不幸福的妻子叹息上帝过于严厉的判罚;毕竟,她就是这么一个敬神的实验牺牲品。跟她的丈夫不一样,她身在现实的阴影里,她既不拥有白天也不拥有夜晚,既无油画也无幽暗的大厅。她的命运即是悲伤和贫困;她的独白是对于被浪费的生命的悲叹。我愿听到同一种悲叹,来自我们的现代世界,一个离弃诗歌而把自己交给了互联网和广告的世界。

然而,当我们打开报纸,通常看到的是一个临时事物的精彩目录(除非赶上不同寻常的历史性的日子:巴黎解放日、柏林墙倒塌、拿破仑去世)。如果仔细地阅读,我们也许能够想起联合国秘书长的名字。事情就是这样在迅速地变化。某个极权主义的政党核心已不复存在,一个今天的儿童将永远不会知道"核心"这个词本身曾是如何阴险,以及人们是如何害怕它的"会议议程""决议""谴责"。但是,我们能在哪里找到永久的事物呢?不灭的事物隐藏在哪里呢?

  高高抬起她们的下巴,少女们从网球场回来。
  喷雾似的彩虹,悬挂在倾斜的草地之上。

---

① 喀齐米拉·伊拉柯维支沃娜(1892—1985),波兰著名女诗人,出生于维尔诺,曾在克拉科夫大学学习文学,后留学牛津大学。一战时曾入伍,作为护士,取得过三枚勋章。战后在外交部工作,并曾任毕苏斯基的私人秘书。少有诗才,11岁出版诗集。诗作在三四十年代负有盛名。

> 不停颤动着，知更鸟飞向高处，纹丝不动。
> 桉树的树干在阳光里熠熠生辉。
> 橡树使五月树叶的树荫更加完美。
> 唯此。唯此才是值得赞美的：日子。①

不朽的事物飘移在空中，混合着正在流逝的东西；挑选出它们，正是某个人的工作。

但是，我们仍然能够像荷尔德林，像诺尔维德，像叶芝，像里尔克，像曼德尔斯塔姆，像米沃什那样写作吗？以某种方式，指导我们达到世界的整体性，达到一个同时拥有神圣性和痛苦、欢乐和绝望的世界——而不是像一个专业人员，因完全掌握了一种科目而只对一个事情（比如语言、政治、刺槐的花期）感兴趣。我们一定要成为灵巧的微缩画画家而只拥有一个单一的主题吗？崇高风格今天应该是什么样的呢？几乎肯定不是僧侣似的话语，以克洛岱尔或圣-琼·佩斯的方式。他们是极好的诗人，但是他们缺乏一种幽默感；而一种伴有幽默感，"一种对我们这个残酷、有趣、不完美世界充满忍耐的幽默感"的崇高风格，将会成为一个寒冷的陵墓。它就会像是托斯卡纳地区的卡拉拉城外那些采石场，大理石从那里开采出来，留下的只有无瑕的白色。

崇高风格来自在两个领域之间的不间断的对话，精神的领域（其守卫者和创造者已经死去，就像《神曲》里的维吉尔）和永恒存在的领域（我们单独的、珍贵的时刻，偶然在其间生活的少许时间）。"崇高"在过去的精灵与现在的权宜替代者间进行调停；在维吉尔与戴随身听的年轻人之间（他们常常穿着旱冰鞋，滑过西欧光滑的人行道）；在可怜、孤独的荷尔德林与微醺的德国游客（他们大笑着走在卢卡的街道上）之间；在垂直方向与水平方向之间。

---

① 此诗由切斯瓦夫·米沃什本人译为英语，选自他的《遍及我们的国土》。

但是问题在于,崇高风格就其性质来说并不是一个"中间人",像古希腊的荷马或二十世纪的托马斯·曼。"崇高"的出现是为了回应最后的事物。它是对神秘、对最高之物的反应。而一个中间人在有高度的事物与低平的事物之间如何调解?这种谈判的结果肯定只能是一种数学平均值,一种慎重的平衡,一种精神证券市场上的相对下落。不,这种"调停"必须是非常微妙的。在伟大和渺小之间寻求某种快乐的平均值,那就没有什么好说的了。我所理解的严格的调解却涉及当代社会的某些困苦不适。它处理安身与化身的问题;它要求幽默和反讽,它们虽然不时是痛苦的,却阻止人滑入"轻蔑"。当代作家已陷入一个相当荒谬而舒适的消费社会的小世界。他深受其困,几乎不能自拔。他被感染了一种滑稽的激情,那个小世界即成长于那种激情。

同时,不仅由于阅读,也由于孤独的时刻,以及弗洛伊德(我至少应该提到他一次)称为"广阔"的那种经验,一个作家偶尔得以进入存在更为严肃的领域。所以,崇高风格也许不是什么调解,而更是一种形而上的谦逊,有关幽默,有关如何学着向美与崇高的事物敞开。为了实现这一目标,无需保守或可笑的东西;你也无需给自己披上古代的外衣,如斯蒂芬·格奥尔格①和他离群索居者的圈子,他们被威廉德国②的粗俗吞噬,曾经只好在公寓楼的天台上演出古希腊的戏剧。

"幽默"对于崇高风格非常关键,因为我们还必须懂得,我们将永远不会完全成功地将世界收拾整齐,尽管崇高风格通常渴望获得一个特别井然有序的现实。我们仍然要求崇高风格,我们仍然要求它的

---

① 斯蒂芬·格奥尔格(1868—1933),德国诗人。他曾在柏林大学攻读哲学、文学和艺术史,并多次到欧洲旅行。1892年创办文艺刊物《艺术之页》。1900年起在柏林、慕尼黑、海德尔堡等地过着脱离现实的生活。他不愿与法西斯合流,1933年去瑞士,同年去世。

② 指1888—1918年间的德国。

存在。但是，我们不再全身心地相信我们将穷尽宇宙的一切。

强于阅读、思考和经验，而弱于实践。深陷现代性的困境，如谢默斯·希尼诗里所写的从古代沼泽里挖掘出来的木乃伊。虚弱，就像所有现代人，被理论家们揭示的，在精神方面，只是"没有个性的人"的心智：一个寻求"崇高风格"的作家不再是个"常人"。他和别人一样虚弱；像其他人一样，他屈从于肤浅的电视和美国电影的诱惑。他十分熟悉高速公路和度假的人群。也许他只是更强于被不懈的内驱力驱动而去寻找某种更高的东西，在对崇高的回忆里，拒绝将它们作为现代性的损失而一笔勾销（正如他的旅行同伴与海滨同伴很可能就是这么看）。

无论如何，我们无需面临这样的危险：要创造崇高风格就必须或特别厌恶现代性。而正是这种对现代性的厌恶，确定了那些重要作家以及并不太遥远的过去里要点的作家的理论选择。这种不幸降临于我们祖父那一辈的作家头上（恩斯特·荣格尔、皮埃尔·德留·拉罗谢尔①、安德烈·马尔罗，欧内斯特·海明威、戈特弗里德·贝恩、弗拉基米尔·马雅可夫斯基、亨利·德·蒙泰朗②、贝托尔特·布莱希特，以及处于显要位置的叶芝、T. S. 艾略特）。作为"强力作家"的一代抵制那个现代民主的迟钝、水平的世界，抵制一个并非依靠高贵的繁荣，而是受制于股票市场的震荡与议会票数统计的社会。他们推动大胆的行动、勇敢的作为。他们是骑士、斗牛的崇拜者、战士、贵族、诱惑者、革命家、民族主义者、人民委员。他们的行为——军事的、色情的、或贵族的——是一个隐喻，一个崇高风格的借口，一种热情的行动的修辞，其目的就是要摆脱现代世界并将它重铸为更加高贵的合金（虽然确切地说，无人知道这更好的金属究竟应

---

① 皮埃尔·德留·拉罗谢尔（1893—1945），法国记者、小说家、随笔家。
② 亨利·德·蒙泰朗（1895—1972），法国散文家、小说家和剧作家。他是一个著名的纳粹支持者。1960年他被选为法兰西学院院士；1972年因自杀而身亡。

该是什么样子）；至于这更好的物质，是在左边还是在右边铸造的，并没有什么两样，只要它是激进的。欧洲最近的记忆使"崇高风格"这一概念给人造成了这样的印象："崇高风格"一定是一种反动的工具，一把粉碎现代性的锤子。

这是一个被误导的概念。我们这些人，从小就无奈地快乐玩耍于我们继承的废墟之上，通过我们的祖先英勇、动人的事迹——而不是通过作家的作品，更不用说，那些人，当他们从青春的疯狂里醒来时，就很少从巨大的研究项目里抬一下他们的头——我们都是怀疑那种修辞，怀疑那个版本的崇高风格的，那种"有知"的炫耀。我们也意识到，无法对抗现代性（你对抗不了），即使它多副面孔中更少聪明的一副，也使我们厌恶。现代性必须得到改善、扩展、加强、丰富；我们必须与之对话。现代性与我们同在；从场外开始攻击它，是太晚了。

我常想，这一代作家，他们不再想要成为骑士，或者大胆的脸上刻着伤疤、将士兵引入战斗的军官，或者做投身过异国战争、冷酷无情的革命家，这些作家身上明显的泰然自若，是否源自一个深思熟虑的选择，对于内在敏感性的有意识的接受，或者是否也只是对于艳俗喧闹的修辞的一种自然反应，一种想要彻底改变的单纯愿望。换句话说，比起鲁本斯，我们是否因为已经将沉思的价值与（可疑的）激进行为的价值仔细地比较过了，所以更偏爱弗米尔？或者，我们只是受制于时尚、公众的情绪，受制于他人的看法？智慧是否在指引着我们，或者我们只不过是在因袭盲从？这最后一种可能性，迫使我们对文学的未来（以及其他事物的未来）取悲观看法。

具有讽刺意味的是，几年前，法国的外交部长严厉批评了法国的知识分子，说他们都猛烈抨击欧洲在波斯尼亚问题上行动迟缓的政策，实际上却没有人像马尔罗、西蒙娜·薇依以及其他许多人在西班牙内战期间所做的那样去波斯尼亚与侵略者战斗。他没有考虑几代人的变化，态度的变化。那些看重对话原则和手提电脑窃窃低语的人，是不可能去战场上拿起武器的。因为那样，需要的是冒险的一代，就像我们的祖父那一代。

"崇高风格"不再需要从对现代性的反感生发出来。倒是"粗俗风格"——反讽、口语、扁平、琐碎、极简——完全可能出自怨气，出自对我们雄辩的祖父那一辈的拒绝。也许不是在所有地方，在所有语言的领域。当然那些阅读德语作品的人，可能已经不止一次产生过这样的印象，迄今在德语文学里，是禁止"崇高"和"形而上学"的，仿佛一切更高的、更大胆的、反讽的知识必然地与有毒有害的过去联系着，因此必然导向——是的！——政治上暗藏危险的、法西斯主义的领域。

因此，当代作家会遭遇一个对于任何艺术创作而言，都是基本的问题。在民主的极其清醒的精神里，我们是否承认，我们是在一间空空的房间里说出我们的见解，我们只能依靠我们自己，我们自己的精神生活，我们的心智，就如同我们承认自己堕落的罪和小小的启示；或者如古代和中世纪所相信的，以及浪漫主义者仍然希望的那样，臣服于居于我们大脑之外某处的真理或多或少的可见的权威？

这是一个困难的问题。没有人会愿意放弃，我们在欧洲通过反叛教会的权威所取得的自由。如果确认在我们自身之外存在某个真理无形的权威，难道我们还愿照例浪费三百多年，以争取来之不易的欧洲的解放，公民的解放，个人的解放，男子和妇女的解放？总之，我们既不能抛弃启蒙运动，也不能从我们的历史上擦掉它。我已经提到过随笔家耶日·斯蒂姆坡夫斯基。他在《在伯尔尼》一书中，写到瑞士中部的树。他的评论说：椴树，被尊崇为爱与维纳斯之树，在十八世纪开始，在当地有绞刑架矗立的地方开始种植（在郊区，加尔根贝格），实际上，几乎是在每个村庄开始种植。任何一个想在一时气愤之下从我们的过去里擦去启蒙运动的人，应该都还清楚记得椴树，它们的可爱与令人迷醉的香味（它们与维纳斯联系在一起，绝非偶然),它们取代绞刑架干燥的木材,还是很近的事——不超过两百年前。如果不是因为浮华、爱戴假发的十八世纪,几乎可以肯定,椴树今天不会在这里。

"回归"秩序严格的"中世纪"的超然存在,是不可能的。艾略特的晚期指示,劝告诗人们要服从非个人的纪律,到达一个更高的精神秩序,一个博爱的秩序,似乎是迂腐的:它们散发出教堂前厅的气味。艺术家经常谈论的直觉,使艺术家构想出一首诗的最尖锐词语,或一首奏鸣曲最关键音符的那种力量,还是最值得注意的东西,仍然值得我们给予充分的重视。也许我们并非都是独自在一个空空的房间,在我们的工作间:如果这么多的作家都在爱着孤独,也许只是因为他们并非真的孤独。一定还有一个更高的声音,只是偶尔开口讲话——太少太少。我们仅在最为专注的时刻才听到它。这声音也许只开口一次,也许只是在我们经过漫长的等待后,才能听到它。但是,它还是改变了一切。因为它意味着我们所珍惜的自由、我们所寻求的自由,并不是我们唯一的珍宝。我们有时听到的这个声音,并不剥夺我们的自由;它只是证明自由也有其限度,曾经的解放只能将我们带到目前这么远。

因为这个理由,我固执地准备捍卫"灵感"这一概念,伟大的诗歌教授,保罗·瓦雷里轻蔑地对待这一概念。灵感并不意味着免除任何人从事费力的劳作和严格的训练;但是,灵感——在每一位艺术家那里都互不相同,具有不一样的表现形式,仅被统一到我们熟悉的缪斯的名下——只是引导我们走向那个声音(缪斯女神今天也只以幽默的形式存在,但她曾经激发过复杂的情愫。罗伯特·格雷夫斯注意到,缪斯激发的感情,其范围可以从狂喜到反感、到强有力的宗教情感)。当然,灵感是转瞬即逝的,但它净化我们的某些东西,它使我们敞向那个我们所知甚少的声音,如果没有那个声音的存在,我们比其他任何哺乳动物不会聪明多少。

英语语言已经非常有用的词 cant("假仁假义"之言),意指欺骗、夸张地说谎、花言巧语。我认为，每个人在今天谈论崇高风格，都必须牢记，存在无数滥用它的理论上的可能性，"假仁假义之言"新的变体，其范围从对斯大林与其他暴君的颂歌，到大量蹩脚的、歌唱各种鲜花的业余分行，或对一个天真之神的天真赞美。我们不能避免追溯一下贝托尔特·布莱希特的道路，他的基于阶级分析的、对于高蹈派诗人趣味的怀疑——但我们不能简单地废除对于那种来得太过轻易的悲怆的怀疑。每一个时代都需要它自己的文辞；任何人以不合时宜的、象征主义的句法——或维多利亚时代的句法，在美式英语的语境里，赞美"崇高风格"——都会招致嘲笑。我们也已经学会对细部，对具体的东西感到惊叹。在今天，"崇高风格"的措辞也必须保持启示的这种形式，而不是到那些玄虚的陈词滥调里去寻求避难所。

亚历山大·瓦特①的回忆录里令人激动的一节，此刻浮现在我的脑海里。他的回忆，是在他向切斯瓦夫·米沃什讲述他的人生故事时，用磁带录音下来的。多年后，在瓦特去世后被以《我的世纪》为题发表。作为一位年轻的诗人时，瓦特热衷于达达主义：语言实验、嬉戏式的语言批判。这些都令他心醉神迷。他向米沃什讲述了他在莫斯科的卢比扬卡监狱，体验到的心灵转变（在卢比扬卡监狱，很少有人能够活着出来，有幸活下来也被打发到了西伯利亚）。在那里，他开始懂得，赋予一位诗人的语言是极其珍贵也是非常脆弱的，而且处于严重的危险中；而诗人的任务是要培育这语言，而非加以嘲弄。这个监狱里的故事，波兰读者和评论家都是那么熟悉，具有重大的象征意义。它指向二十世纪诗歌两股潮流的分水岭，并将这一转折点放

---

① 亚历山大·瓦特（1900—1967），波兰著名诗人，作家，艺术理论家，20年代倡导未来主义的先行者。1939年9月德国入侵波兰时逃往利沃夫，后到苏联，被内务人民委员会逮捕，流放至哈萨克斯坦。1946年被允许回到波兰。这段经历改变了他的政治信仰，1959年移居法国，1967年在安东尼市逝世。他的主要文学遗产，除了大量诗歌，还有其自传回忆录《我的世纪》。

置在地图上。批评家们很少提到这两股潮流;他们专注于另外一些、不甚明显的审美现象。这两股潮流中的第一个,是批评的、前卫的、分析的和怀疑的。第二个,吸引过少得多的追随者,则是更有建设性的,狂喜远多于冷嘲热讽。它意在寻找被隐藏的东西。卢比扬卡监狱一定是用于反思的可能存在的最好的地方。

即使他们足够有幸避免卢比扬卡之狱,中欧的诗人们也完全懂得这两股潮流的存在,而且他们也能准确理解瓦特的洞见。从瓦特的心灵转变里,他们并非都能得出根本性的结论。但是,有一位诗人肯定会认同瓦特,他就是兹比格涅夫·赫贝特。

有一天,赫贝特出现在我们在格利维策的高中学校。谨慎地说,我们的高中并非一个诗歌的温床。我们的时间全被聚会、初次的约会、自行车远足、猫王、恰比·却克①和小理查德②占去了,更不用说还有生活本身,这些都被我们主要理解成对于遥远未来的相当肤浅的思考。如果在学校里更有抱负的学生(我愿意承认我是其中之一)还阅读什么更严肃的读物的话,我们的品位是取决于当时的时尚。我们读荒诞派戏剧,它们充斥于《对话》杂志的"推荐书"栏目。而且我们崇拜"阴郁"一路的写作:冷酷的卡夫卡,他憔悴、营养不良的脸,是我们心里的神。自己国家的作家并不特别引起我们的兴趣;我们是势利鬼(小国家往往冷落他们自己的作家)。

这个年轻人已经是一位著名的诗人,虽然他在华沙和克拉科夫的行家那里,比在我们这些乡下人中间更著名。在一个下午,去一所中学会见一群学生,一定是一件无比的苦差事,就像为了取得学区总监提供的最微不足道的那点学费(那天上午他大概在比托姆的一所学校

---

① 恰比·却克(1941—),美国歌手、演员。号称"摇摆舞之王",曾经获得了第四届格莱美奖,出演过多部电影。
② 小理查德(1932—),美国摇滚乐歌手,在20世纪50年代于摇滚乐中取得巨大成功,后转行成为一个牧师。在引退歌坛多年后,于1985年出版了传记《生活在小理查德时代》。

做过讲座,晚上可能要在去往卡托维兹朗诵的路上)。但是他的访问改变了我的文学观。不是立刻;而是缓慢地、稳步地改变。此后,我认真地跟踪阅读他的作品,而且我注意到,跟某些荒诞主义者不同,赫贝特没有先入为主的偏见,没有关于这个世界的先验的理论。代替教条,从他那里我发现一种对于意义的灵活、非受迫性的寻求,就像一个在黎明时穿过意大利小镇的人。他的诗,有着战争、被占领时期、灰暗的极权主义制度打下的烙印。但它仍保留了某种人文主义的乐观、明朗。

兹比格涅夫·赫贝特于一九九八年七月去世,享年七十三岁。寻求其作品的"典型配方"也许仍然显得为时太早(也许这种风格配方在任何情况下都最好被忽略)。但是,他对我此处的"崇高风格"这一论题非常重要。他是一位永远不能置于某个单一风格样式的诗人。他反对他称之为"哭哭啼啼"的东西(注意:诗人来自这样一个国家,在它的现代历史上,因为失败远多于胜利而被人广知)!正如他在《为什么经典》一诗中写下的:

> 如果艺术的主题
> 有一只破碎的罐子
> 一个破碎的小灵魂
> 装满自我怜悯
>
> 那么在我们之后留下的
> 将如情人的哭泣
> 在一间昏暗的小旅馆
> 当壁纸破晓①

---

① 此诗由切斯瓦夫·米沃什和彼得·戴尔·斯科特译成英语。

《科吉多先生的特使》仍然是赫贝特伟大的赞美诗。在这首诗里,怀疑与崇高结合在一起,它是以"小丑的面目"讲话的:

去吧去到他人到过的黑暗边界
为了虚无的金羊毛你最后的奖赏

保持正直在匍匐于膝盖的人们
和面朝黄土背朝天的人们中间

你之幸存不是为了苟活
你拥有的时间不多你必须作证

保持勇气在头脑欺骗你时保持勇气
在最后的计算里这是重要的

而你无助的"愤怒"——愿像大海
无论何时当你听到被侮辱者和被打败者的声音

愿你的姐妹"蔑视"永远不要离开你
因为告密者刽子手胆小鬼——他们会取胜
参加你的葬礼释然地抛下一个土块
蛀木虫会斟词酌句写好你的传记

不要以真理之名宽恕,这不是你能掌握
仅以那在黎明时被背叛者之名宽恕

但要提防过分的骄傲
时不时看一看镜子里你傻瓜似的脸

反复说：我被召——没有比我更好的人吗

提防心灵的干枯热爱早晨春天
无名的鸟冬天的橡树
墙上的光天空的壮丽
它们不需要你温暖的气息
它们存在只是在说：没有谁安慰你

保持警惕——当山上的光线做出表示——起身，走
只要血液仍在流动，你胸口的暗星
仍在重复着人类古老的咒语童话和传说
如此你才能获得难以获得的完善
反复述说伟大的词语固执地重复它们
像那些穿越沙漠而消失在沙子里的人

如此他们将奖赏你手边随便什么东西
奖赏你嘲笑的鞭子垃圾堆上一个凶手

去吧只有这样你才能获得那头骨已冷的同伴的认可
获得先辈的认可：吉尔伽美什、赫克托、罗兰①
这无边王国这灰烬之城的守护者

去吧保持忠实②

---

① 吉尔伽美什，传说中的苏美尔国王；赫克托，荷马史诗《伊利亚特》中的勇士；罗兰，法兰西史诗《罗兰之歌》的主人公。
② 此诗由约翰和博格丹娜·卡彭特译成英语。

我们是如此平凡，如此普通。我们甚至应该获得诗歌吗？但我们也会成为后代眼里的传说，因为我们也曾生活，而且我们留下的诗词也会比我们今天愿意承认的更有意义。

尼采在克拉科夫

我在做学生的时候发现了尼采的著作。在克拉科夫的旧书店里，我搜寻它们，那时相对还比较容易碰到一些尼采著作的漂亮版本，它们在世纪早期由波兰第一流的作家和诗人翻译，在"出版商雅可布·莫特科维奇"的名下出版。然而在发行当代出版物的书店，你不可能找到尼采的书，因为尼采已经被官方贬斥为——我怀疑，在所有所谓社会主义现实主义的国家——一个"法西斯的前驱"。但是，谁没有被贬斥过呢？尼采会发现有很多同伴。切斯瓦夫·米沃什、乔治·奥威尔、阿瑟·库斯特勒、汉娜·阿伦特、雷蒙·阿隆，以及其他很多人，都曾经被谴责过。谁不喜欢极权主义并且站出来那么说了，结果就是上黑名单。公平点吧——这里我听到某个退休审查员的声音指出我的错误——尼采实际上在另外一个名单上，他的邻居是塞利纳、戈培尔、《我的奋斗》，意大利法西斯主义的意识形态家的著作，等等。不错，事实仍然是，他的著作在正规书店找不到，而在阅读二十世纪文学，无论诗歌还是散文时，所要遭遇到的情况是，你会发现一个神秘作家的踪迹，不同于其他作家，他属于一个单独的门类——那是一个没有写过一本小说的大师、一个不同于"一般"诗人的诗人、一个以随笔作为主要武器的作家、一个多年漫游于南欧各个国家之后死于疯狂的艺术家。我们手头上的百科全书对他只字不提。它们以精巧、善于说谎的风格解释说，他是"一个为资产阶级的非理性主义开辟道路的法西斯先锋"，或者说他是一个近似于白痴的人物。但是无人相信他们出版的那些百科全书，所以你得在另外的地方去寻找，在那些很好的旧书店，还有世纪之交出版的旧书籍出售。有时碰巧找到一幅照片，常常是同一幅，蓄胡子的、头发浓密的一个男人，非常严肃、紧张，略微有点做作。

回到七十年代，尼采对于我与我的同时代人是一个神秘人物。我们对他与他美丽的俄罗斯女友露·安德烈亚斯的情事略知一二；我们知道他的疾病，他在山间的漫步，他可怕的偏头痛。但是我们不能肯定，我们缺乏细节。当然，在西方，情况肯定完全不同，那里从来不缺少学术的研究、传记、参考书目，在那里，尼采在十九世纪的位置存在争议，这是肯定的，但是无人怀疑那些基本的事实。东欧的迟到——是由于战争和审查制度造成的，因为此前也有过毫无障碍地研究和阅读尼采的时候——在某种意义上说，也是一种幸运，因为这让我们从而有可能体验尼采最早那批读者一定有过的战栗，让我们可以代表被《查拉图斯特拉如是说》的作者迷住过的第一代读者。毕竟，尼采从无名中，从十九世纪行将结束的年代浮现出来了，人们起先对他也是所知甚少。通过剥夺尼采在文学中的存在，某种主义的审查制度把他封存了起来，却以其自己的方式，在一个精神收容所里，无意中反倒恢复了"诗人之诅咒"的光荣。

除了作者本身的传奇色彩，尼采的文本之中，是什么吸引了我呢？我想，从对《悲剧的诞生》《人性的，太人性的》以及《曙光》的自发阅读开始——但我后来进一步读到的一些，却是有人指点的，我必须说明，这些书，我设法在二手书店，后来是在大一些的图书馆里搜寻到它们。偶尔，读到它们的顺序正好跟它们写出的顺序大致相似。我最初阅读尼采的体验，在记忆里持续如一个自由的节日；其中有着某种令人解放的东西。说到底，有谁能比一个年轻诗人更有准备回应尼采，他最强的保护就是他自我陶醉的孤独，对自己天才的感觉，他内在的自由，以及最后——也许是最重要的——他对于人的创造最本质能量的感觉，文化的或者其他的创造力量，总是不被时代的学术权威注意。这些伟大的学者，他们似乎知道一切，计算过阿尔基洛科斯①诗歌的每一个组成部分、每一个音节,却不能辨认出到底是什么,刺激、催生出了人类大脑和创造性的活动。他们分析成果却无视它的本质;他们研究火但是只会描述它的灰烬。而正如我们知道的,尼采总是兴奋地说出这条原理,学者们什么也没有看漏,除了生命本身。

然而,事实证明还有别的东西,引起一个年轻诗人的共鸣:这个哲学家和哲人在处理国家问题时所取的嘲讽态度,他对于新形成的德意志帝国的挑战,他对由俾斯麦团结起来的德国国家力量的嘲弄所体现出来的作为一个知识分子的精神自治。我喜欢这一点,有两个原因:第一,我当然被他对国家的嘲笑态度迷住,因为我生活在一个极权统治下,在赫鲁晓夫—勃列日涅夫—哥穆尔卡式的制度下,我就是那样做的。第二,我在试图从某种主义的意识形态和管理的束缚中解放出来的巧妙行动中,不自觉地寻找着盟友。同时还有另外一个原因:这里有个人,他直接站出来并声称自己的精神独立,他不为历史的舞台布景焦急,他从自己内在的精神之中开口讲话,而且,以这样富于活力与才华的方式,他的语言又是那么纯粹、富有张力、完满丰沛。为抵抗历史特定现实的自动主义——在尼采这里,是对俾斯麦的德意志帝国——这其中包含的东西,远超过单纯的政治性的挑战。它同时也是一种宣示——就像海关申报那样——这是他自己精神、个人财富的宣示,它无涉于官僚与政治结构。我能找到比这更好的盟友吗?这是一个哲人,根本不考虑任何的危险,忽视所有外在的权威,不仅是挑战利维坦②式国家,并且,还那么不在意地,理都不理这个怪兽的反应。

---

① 阿尔基洛科斯(约公元前714—约前676),古希腊抒情诗人。
② 利维坦,在圣经和合本中译为鳄鱼,和合本修订版译为力威亚探,天主教圣经思高译本译为里外雅堂。意指一种怪物,形象原型可能来自鲸及鳄鱼。英国17世纪哲学家托马斯·霍布斯1651年出版了一部关于国家组织的著作,书名即为《利维坦》。

《悲剧的诞生》——我不能肯定第一次读过这本艰深的书就真的理解了它，因为它要求的知识远远超过了我接受的教育。尼采的悖论是，作为一个在他的年代最会读书的欧洲人，却不赞美博学，他只赞美生命本身，他写的书不是显而易见的，不是谁都能够马上读懂的，对于不幸属于在这个大陆的现代历史上受教育最差的一代里的一个读者（无论西欧还是东欧），尤其如此。我仍然不知道，我是否真的把握到了尼采对于悲剧洞见的微妙之处，是否把握到了那种令人绝望但又是令人愉快的对于我们脆弱存在的肯定。我感觉，我想，我在读到关于酒神狂欢的本质时全身颤抖了，而且肯定不喜欢日神的一切东西。但我在读到他对苏格拉底的攻击时，感到了犹疑。我喜欢并崇敬苏格拉底；我很难相信希腊和欧洲文化的衰落是从他开始的。我记得，我是这么认为的，将这种衰落追溯到雅典，是多么势利的看法！但是，对于这样一位我所崇拜、认为具有超人力量和巨大智力的作家，有什么是不能原谅的呢？我必须暂时将有关苏格拉底的问题放到一边，集中理解大师的思想。理解？我完全不能肯定这是我的目标。我阅读尼采更多是为了灵感，为了强化，为了给火焰添加燃料。这也是年轻的——有时是不那么年轻的诗人，贪婪地、利己地阅读尼采的方式。在他们获得一种能量补充的时候，他们并不大关心这样的问题："他正确么？比如说，他对于苏格拉底和基督教的判断难道是正确的吗？"而这在尼采身上是很突出的问题，因为包含在他的文本之中、为其宣扬的"能量"，是其思想的核心，甚至是风格的核心。

这就是我，以及我的身边熟悉的人，阅读尼采的开始——甜蜜的开始！虽然回想那个时候，他并不是我在智力方面唯一的大师。我无意列举一个长长的名单使读者厌烦——我只想强调，我不是十足的尼采的信徒。但是，即便我并没有完全忠实于尼采，我所体会到的一切，却使我能够充分理解那些狂热的读者，他们痴迷这位留着胡须的十九世纪末二十世纪初的哲学家，囫囵吞枣地咽下他的著作，仿佛在他之前不曾存在过别的作家、哲学家和艺术家，仿佛这个预言家、这个他们等待多时的智力世界的立法者,是突然之间从乌有之地冒出来似的!

离最初的青春岁月越远,我越是体验到一种感觉,尼采在随着我一起老去。我读到他更晚的著作——《超越善恶》《道德的谱系》,言过其实的《查拉图斯特拉如是说》,难以忍受的、极端自恋的《瞧!这个人》,冷酷的、死后出版的《权力意志》。这是一个不同的尼采,不再像他最开始时那样敏捷、具有活力(只是在意识到许许多多的深渊时,才具有一些活力)。那个作为艺术家的尼采的声音越来越微弱,而作为一个异教开创者、一个沉迷于不断攻击基督教、社会主义与道德的反道德者的声音越来越强烈。"生命"的概念在后来发生了改变。在早期著作里,它被一种诗性暗示的灵光包围,因而与一种快乐的、创造性的火花相似,引燃了那些自以为是的学者建立起来的纸上宫殿与维多利亚时代的道德密码。在后来的著作里,不夸张地说,它变成了一把对付他的敌人的锤子,一种被单调、过分地滥用的沉重工具(尽管他在不停地赞美"轻")。他没有避开孤独的危险,这是在他年轻时所作的一篇论述"作为教育者的叔本华"的随笔里曾经指出过的——愤懑和麻木不仁。的确,它们甚至比那些孤独的灵魂,表现出更为不一般的形式。显然,尼采也为一种不祥的偏好所苦,这种偏好在某些十九世纪的思想者(以及在后来的世纪里他们的继承者)那里也相当普遍。这就是试图得出一个大范围的思想意识形态的结论的共同倾向,缺乏一些必要的幽默感和对于他们自身预言性洞察力的怀疑。

我开始越来越清楚地看到尼采的追随者,那些数量庞大的门徒,陶醉于他们对一个"来自于锡尔斯-玛利亚的隐士"的阅读。这位来自于锡尔斯-玛利亚的隐士被大量的追随者狼吞虎咽:邓南遮拿走他的伞,安德烈·纪德注视着他,加缪做着笔记,汉姆逊想要记住这个大师的每一个词,马尔罗不停地讲着,D. H. 劳伦斯赞美着性的魅力,托马斯·曼徘徊在他和叔本华之间,罗伯特·穆齐尔穿上他最好的西服，里尔克在沉思身边经过的年轻女士。没有什么比这一大群杰出人物围绕在一个更为杰出的人物周围更滑稽的了。有时看起来，弗·伊·列宁，这个暴力革命的倡导者、这个出类拔萃的行动者、丝毫不受这个法律或那个道德影响的人，好像不是来自于其流放地苏申斯克，而更像是来自于常常翻阅、被弄脏了的尼采晚期著作（这个假设并非完全牵强附会，因为列宁的权力意志的宣言《怎么办？》一书可以追溯到一九〇二年，那时对尼采的狂热已经覆盖了整个欧洲）。围绕神话般的尼采的人群，主要是欧洲最有天才的一些作家和思想家（而且不只是欧洲）。在波兰，先是有斯坦尼斯瓦夫·勃热佐佐夫斯基，然后是伊瓦什凯维奇、贡布罗维奇，以及其他一些人。很难想象尼采在哪个国家不曾留下痕迹，不曾影响其知识氛围；当然，不只是尼采；客观冷静的教科书使我们想起新浪漫主义危机，在势不可挡的科学优势（附带着狭隘的民族主义）与形而上学的本质（因宗教信仰的传统结构的变化已被彻底改变）需要之间寻求平衡的不顾一切的探索。虽然如此，即使已经知道，像尼采这样的人是如何被人——自觉或不自觉地——期待和崇拜，我们仍然很难不着迷于那么大规模的崇拜、大范围的影响和狂热的忠实。

这些围绕弗里德里希·尼采的作家和思想家已经凝固成传奇并崇敬地凝视着他：这一景象，正如我说过的，略有一点喜剧性，尽管在今天看来并不缺少某种旧式的魅力。至于我，我的尼采，我最初阅读的尼采，却开始寻找另外的思想家。我反抗有那么多尼采式人物的存在；这几乎像是一种嫉妒，仿佛你体验过的那种嫉妒，你的朋友不只与你做朋友，而是还有一百个其他朋友、二百个熟人、三百个狂热者。此外，我开始阅读关于尼采的批评著作，它们的分析，它们对其影响的评估，它们关注的一些小小的偶然细节。起初我拒绝接受它们。我震惊于眼看一部神奇的作品落入那些仅仅头脑精细、有条有理的论证的打击之下，就好像一棵大树消失在伐木工人的斧头之下——或者链锯之下。只有一件事是毫无疑问的：这是一个神奇的作品，是在迷狂、狂喜的状态下写成的，完全不是慎思、熟虑的产品，比如英国分析哲学那种情况。显然，这也就是为什么诗人和小说家成为最早公平对待这样一个绝妙作家的原因，他也许有风格上的瑕疵，受制于他强迫性的主旨——比如，他有多少次重复"骄傲"这个词？但是，即便这些瑕疵，也是源于灵感。这个哲学家，拥有一支富于灵感的笔，对于作家来说是一个真正的假日，而对于哲学家也许就是一个真正的磨难的缘由。

　　但是，在文学方面，我不能肯定尼采的影响是特别好的。我并非全然不快于年轻的马尔罗可能赞许过的那个概念，不是激情，不是盲目的行动，而是另外某种东西（自然我不能说究竟是什么俘获了马尔罗，如果他不曾找到进入尼采的入口），拉夫卡迪奥①也许不会感到是被强迫在疾驶的火车上犯下谋杀；D. H. 劳伦斯如果不是特别相信性的拯救力量，他很可能在别处寻求；邓南遮可能会在修辞的倾泻前勒马回头。我也没有被一个假设搪塞过去，即认为法国现代思想的某种浪费，也许在于根本没有看到白天的光（或者图书馆的灯光）。而且我在想，如果弗里德里希·尼采在八岁时死于猩红热，二十世纪的思想界会是什么样子。我不肯定——不管我在年轻的时候，阅读尼采时感受他是多么富有魅力多么强烈，不管我是多么不情愿置牧师的儿子们于死地。这即使只是在想象里——我不愿选择这样一个假想的没有尼采的世纪。没有尼采，其他思想家的声音也许更可能被听见——比如西蒙娜·薇依的声音，她是不多的未被尼采影响到的少数思想家之一。我们已听得够多了：不能把对学生愚行的责备，推到他们老师的肩膀上。但我还是不禁想到，如果尼采不那么频繁地使用像"骄傲""教化""超人""权力意志"这样一些词语——有人曾经正确地观察到，超越善与恶只会导致只有恶的存在——我们这个世纪的精神气氛很可能更纯净，也许更可值得骄傲。如果不是尼采面向真理

---

　　① 纪德小说《梵蒂冈地窖》的主人公。

概念的著名的怀疑主义,导致了那么多急切的模仿者,包括在最后的几十年里引出的模仿者,会产生现在这样的灾难吗?

然而,也许尼采——或者另外某个更具我所反对的哲学倾向的人——在某种程度上,应该把他迟到的、非凡的成功归功于并不完全相信他和并不怀疑真理价值的读者。否则,他们可能像对待——比如莫泊桑的小说那样,对待他的著作。无论他们怎样评价或崇拜他的著作,没有人按照它们形塑自己的生活或者调整自己的信念使之符合他的著作。附带一说,那些在极权主义的国家里生活的人,已经懂得并不需要过分地思考——比如真理这样危险的题目,就会付出什么代价,而且真实真理的缺席会使他们立刻、痛苦地感受到。

当然,如果没有尼采,戈特弗里德·贝恩就不会写下某些随笔甚至也许不会写下某些诗歌;穆齐尔《没有个性的人》的主人公乌尔里希可能会略有不同的关注之事和兴趣;《杜伊诺哀歌》的某些段落听起来也会有点不一样;托尼奥克罗格与丽扎韦塔①的闲谈也会不同(也许有一天,他们会研制出一种强大的计算机,能产生一种名为"没有尼采的二十世纪知识界"的仿真、数字模拟模型;很多更伟大或更不重要的书将会经受一场突然而强烈的地震,书的文字四散,印刷工的油墨也将从无数被弄黑的纸上消失——包括我正在写的这一本)。

在一些家庭、俱乐部和聚会上,尼采的名字甚至是不能说出来的。我知道,尼采的读者将他作为一个作家、一个风格大师加以无限崇拜,他们甚至热爱他这个人本身,一个体弱、多病、无家可归、从一个疗养院转到另一个疗养院的艺术家。一个敏感、无助的男人,乃至终身不能设法结婚。而他们不会考虑一下他的哲学著作的内容,更不提政治性的内容。然而,另有一些人却完全忽视这个来自于巴塞尔的、可怜的语言学者的生活,几乎没有留意一下他的写作、风格的生

---

① 陀思妥耶夫斯基小说《罪与罚》里的人物。

命力；他们只是掠夺他的著作，为他们自己的学术大炮和手枪寻来军火。我不能不说，我更喜欢第一种类型的读者，这并不意味着我赞成忽视尼采文本的本质。我有时将他看作理性和非理性之间的一个调停者——一个背叛了自己使命的调停者，并最终完全站到了非理性一边。他的著作，如我们所知，包含了一些诸如启蒙思想、对人的自治的探寻。但他们都不是决定性的；非理性最后占了上风，调停者本人和争议参与者的一方结成了联盟。

这次不成功的、背叛的调停发生的场域，也许就是西方思想的中心领域，他花了数个世纪，以巨大的努力试图在理性与非理性、科学与宗教、政治适中与精神激进主义、理性主义者的人文主义与基督教、塞塔姆布里尼和纳夫塔之间，在我们时代典型的"文明作家"（自由的、谨慎的、投票时即使不理解也赞成服从权力，也许，实际上，是些带有非理性的个性特点的人）与一个类似西蒙娜·薇依的思想家之间，达成一个协议，或只是一个休战协定，却未能成功。启蒙运动站在理性一边，而浪漫主义，如我们所知，有着非理性主义的倾向。这种不平衡持续到现在，采取了新的伪装。今天我们有了一个巨大的、实证主义的、科学的文化，他几乎彻底涤净了对于黑暗与非理性的好奇心，而在另一方面，这又是一个新时代，对于宇宙有着全然的迷信，伴随着大众文化，不是在宣扬情感主义，就是公开沉溺于暴力、血腥和邪恶的魅力。

听不得尼采名字的人，通常将它和 20 世纪的纳粹党卫军黑色制服与希特勒的意识形态这一段最坏的历史联系在一起。将真理和诽谤区分开来不是一件容易的事：尼采最后的著作，带有他们大量的意识形态色彩（我们感到惊讶，这是同一个尼采吗？我们会问，是谁写下了《不合时宜的沉思》，还是那个蒙田的读者）？他们能够并且一定会对纳粹产生吸引力，这种指责一定会部分落到他们的作者头上。这当然不应该被遗忘；奥斯威辛的阴影同样落到了欧洲的图书馆。但是我们必须带着谨慎和冷静的头脑接近这一点，如此才不至于跟在那些头脑发热的批评家后面，急切地追踪被告的地址，给他贴上帝国主义者、反动分子、法西斯主义者的标签。托马斯·曼一直为尼采辩护，反对那些激进分子对尼采的指控，也许有时出于情感的成分多于理性的因素。现在，战争已经过去这么多年了，非常清楚的是，在尼采被崇拜者和敌人一次又一次所拖进的政治法庭上，尼采既不能完全推脱其责，也不能被宣判有罪。

尼采遗产的一个所料未及的成分，是它加深了我们的私人生活与外在世界之间的断裂。尼采观察到，在我们内在化的文化里，某些成分至今仍然保持着一种令人惊讶的新鲜感：他强调灵感、精神力量、独特性、想象的原创性、智慧、对形式的需要、距离、优雅，甚至是狂喜。他对古希腊研究方面历史实证主义的批评，还没有褪色。他对许多作家和作曲家的评价，今天依然有效。如果我们将他的著作看作一个为了文明的计划，那么将这乌托邦转化为现实的后果就是灾难性的。事实上，这在一定程度上已经被证明。因此，认为尼采应被双重地、选择性地阅读，并非不公正的疑虑；通过一支削尖的铅笔，我们一定要将有益于内省、诗歌和音乐的任何东西，从他涉及政治制度、道德和法律的所有论述之中挑选出来。事实上，这并不是一件轻易可以做到的事，一个容易的主张——从此出发，只是第一步。毕竟，正如我们所知，说这个世界本身是双重的、分裂的，这是一个方面，另一方面，我们又要求把单独的思想家将政治的世界分类说明，要求对艺术和文学做出评判。事实上，这种划分正在实行。我们去读雷蒙·阿隆的随笔和文章，并非为了找出他对文化经验、文化连续性的评论，而是为了了解我们时代的政治和意识形态的结构和原理。反之，在海德格尔或戈特弗里德·贝恩那里，或者——如你喜欢，还有另外一个例子——福柯，我们不指望他们有什么评论，也许可以适用于欧盟的议员。这里的问题，不在于学术问题或哲学专业化太狭窄。而在于我们的智力敏感性、我们的存在本身的深刻裂缝，那是尼采想要治愈的，但是他却只是戏剧性地加深了这个裂缝，并使之持续。当然，他本来是想要治愈它的，因为他的超人、战胜虚无主义的计划，意在创造一个文化的整体性，他是新的和统一的，并且是普遍的。他的版本却呈现出巨大的危险。比如，他的非道德主义可能是具有诱惑性的——对于一些读者，虽然不包括我——在纸上，或者在对于一个体弱、多病、深受偏头疼折磨的哲学家的想象里，但是在实际的应用里却是非常可怕的。此外，他长期没有认识到欧洲政治和社会现实的发展趋势，正是这些趋势导致这个裂缝加深，巨大，乃至无底。

欧洲的作家和艺术家拥抱尼采著作的热情是可以理解的。毕竟，这也并非为尼采崇拜的愚蠢需要所推动，而是由于尼采的现代性批评正好符合他们自己的直觉、恐惧和希望。如果我没错，他对传统精神性，对非理性的、创造性的、精神性要素的重新表述——进而维护，已被证明是尤其令人叹服的。上帝也许死了，但是宗教性保存了下来（或者，至少是某种神秘的宗教性形式）。据说基督教和"犹太人的精神力"注定要被消灭——这是尼采式修辞里另一个可疑的点，但是带有形而上学色彩的艺术形式将继续存在。超然存在必须被抛弃，但那种对于超然存在的渴望，之前被"交给"上帝的力量，只要他被转向大地而不是天堂，就将被证明是文明的一个崭新阶段的财富和基础（这一切对于尼采的任何读者都是显而易见的）。但是今天——除了老一代和中间一代的法国知识分子——谁会更喜欢尼采主义而非基督教呢？一个走向宗教的派别？一个走向"骄傲"传统的无确定目标的冒险？

他要给未知的事物命名。尼采是典型的诗人哲学家之一，他们完全像大诗人一样在相同的领域工作。诗人，根本不是去努力发现什么原始物质、原始元素，他们并不寻求以推论、系统、缜密的方式，呈现出一个统一的存在。他们满足于启发、暗示、编织隐喻之网；认为他们应该在瞭望台上守望一个唯一的中心，这样的观念是跟他们格格不入的。诗人是徒劳的；也许，太徒劳，但是，一般说来，不能指责诗人太自负——或者太傲慢——说他想靠选择一个聪明的隐喻就试图拯救文明。诗歌注定要与神秘同在，与神秘相随，处在无止境的、富有活力的不确定性中。然而尼采却激情满怀地寻求系统地消除世界的神秘、追踪那伟大之谜的谜底。这里，他显然追随着他的伟大导师，康德、黑格尔，尤其是叔本华，正如我们所知，他是他最大的老师也是最大的敌人。悖论的是，他同时也追随着他恰恰厌恶的实证主义的学究、那些计算荷马诗歌的骨架和音节的人。

在今天，尼采不属于那些被遗忘的十九世纪哲学家，只有专家还阅读，如费尔巴哈，或者令人不快的《不合时宜的沉思》一书的作者大卫·斯特劳斯①。恰恰相反——他一次又一次重新流行，很难想象在西方一家良好的书店里没有他的著作。他被美国和法国的年轻人阅读，他在波兰又在被重新翻译，新的版本无疑很快就将代替世纪末的旧译本。右翼人士引用他——这不使人惊讶——但左翼人士也一次次那么做，这就不是那么不言自明了。语言学者和政治学者引用他。前几年，法国新一代的几个著名哲学家出版了一本合集，书名为《我们何不读尼采》——一本动人的书，至少是向这位杰出的、富有争议的思想家致敬。很显然，他的当代性，还有许多被隐藏于他的思想——在理性与非理性的争论里、在"生命"对规范的挑战里。

胡戈·冯·霍夫曼斯塔尔在某处说过一句关于拿破仑的话，他知道他不会像一个国王那样行走。同样的话也适合尼采——除了这一点，尼采并没有意识到，就像一个真正的贵族那样，他身上绝不会带着一个国王（假如有人出于他或她的无产阶级的敏感性，错误地看待我的类比，有了不适当的痛苦，我必须说明，我纯粹是在隐喻的意义上这么说）。他对贵族举止、权力、优雅无穷尽的赞美，暴露出他更像是拿破仑那样的人，而不是一个世袭君王。当然，他很快就能发现他人身上的缺陷；在《偶像的黄昏》（《不合时宜的沉思》，第十二部

---

① 大卫·斯特劳斯（1808—1874），德国神学家，以对早期基督教及古代宗教的研究闻名。

分），关于卡莱尔，他恰当地写道："对信仰的强烈渴望并非坚定信仰的证据，恰恰相反。任何一个拥有信仰的人，同时也默许了自己享受怀疑主义的奢侈品：因为他太肯定，太坚定了，被彻底束缚在信仰上了。"

托马斯·曼在评论尼采的一篇随笔中说，尼采是一个杰出的心理学家，他只是忽略了一个对象——他自己（不必说，尼采的心理学本身也是单独、漫长的一章。遗憾的是，他是一个完全的去蔽的心理学家，却不是一个十分懂得理解各种心智状态与情况的复杂性的心理学家）。怀疑主义的奢侈品，正是尼采在最后阶段极其缺少的东西——谁知道呢，也许尼采最壮丽、辉煌的失败就深藏在这里。这个失败，是一个哲学家应被责难的地方，也许，在某种程度上也是现代世界应被责难的地方。因为现代世界并不愿接受尼采的批评，正如尼采明确表达过的。但是，就算这种批评能够更优美地表达出来，连尼采自己也说过，简单地、赤诚地批评（那就全然失去了个性！这个世界也会拒绝类似的批评）——因为这个现代世界不珍视生命，它缺少慷慨、自发性、高贵和诗意。

劳作与名声

一九八三年，其时我刚开始在巴黎的生活，当我第一次见到恰普斯基时，他已经是八十七岁的老人。我想，那时他可能不再开着那辆著名的小型摩托车在周围走动了，而且他也已经很少到巴黎市区里去。此外，虽然他已向年龄做出了这两样让步，他在本质上仍然是一个年轻人，沉浸在他的绘画、阅读、与朋友的谈话中。

我认识很多老人。就像在人生中许多其他事情上一样，老年——如果我没有弄错，因为我将只顺着句子的意思说出最后这个词——很大程度上就是一部喜剧的谢幕表演。虚弱、气喘吁吁、步履蹒跚——当然，所有这些都还只是身体的症候。然而，我们从一次流感或发烧的经历之中，就足以获得第一手的经验，懂得我们有了那些身体症候是什么样子——只要还不是伴随着可怕的疼痛或完全丧失意识——我们就认为它们还是值得对付的。同样，或者只是猜想，老年也是这样。大多数老年人同样将这幕喜剧演到底，正如大多数学生随意地承担学生的角色，中年人担当中年人的，男人演男人的，女人演女人的，政客们诡异地扮演政客的角色。

然而，恰普斯基拒绝承认年迈，正如曾经拒绝过一次他的贵族血统。他对老年的态度举止，完全是君主般至高无上与自由不羁的，比如，对于他的波兰特性。这里有一些随手可得的类比。恰普斯基的确是一个年老的波兰贵族，但从他的贵族阶级那里，他只继承了和蔼和教养；他不屈不挠地反对对于波兰性的狂热崇拜；他以一种幽默的方式对待他的老年（虽然我们从他已出版的日记里知道，跟每个人一样,他也体验了与衰老相伴的所有恐惧)。我记得有一次,他开玩笑地描述几个很大年纪的绅士谈话:"你知道,他们的全部谈话,我听得最清楚的,就是假牙轻轻磕碰的声音。"

在某些时候,"类比"却也会欺骗我们。无论是波兰性还是贵族性,都带给恰普斯基迟来的报复;更强大、更老也更明智的暮年,在死前的最后四年追上了他。他开始缓慢地衰微——颤巍巍的力气、更大的虚弱、衰落的精神状态、下降的记忆力。不再存在什么拒绝或演完喜剧的问题。一种完全不同的力量突然抓住了他,跟喜剧或悲剧之类全然不同的一种力量。

但是,即使最后的年月也不是完全荒凉的。他的朋友们过来,给他读读他自己的随笔文章(那时他的眼睑几乎已经是闭上的)。伊吉尔·约瑟夫曾经要求读他人的文章,但恰普斯基直到生命的结束时,都只想听到读自己的文章。这并非一个老人自我陶醉的自恋;不,那更是一种想要阻止记忆消亡的绝望的努力。有时,在我偶然拜访的时候,约瑟夫·恰普斯基半躺在沙发上,一副走神、衰竭、无动于衷的样子,有时甚至用一条毯子蒙着头,好像在躲避整个世界,非常苍老。但是,无论何时我开始给他读他的某篇随笔,比如《论罗扎诺夫》,他都会精神焕发,仿佛从死亡之中站了起来,忽然什么都记起来一样(不,不是什么都记得,只是有关罗扎诺夫的一切),开始接续完他的句子。很清楚,他对自己曾经引用过的东西,记得尤其清楚。那些引语,对于他来说,有着比文学性的修饰效果更多的意义。这是一些与他一起生活的句子,推敲过几个星期、几个月,像卵石一样在他心中翻来覆去,是他仔细掂量、琢磨过的。这些句子在他的头脑里变得那么牢固、稳妥,以致一听到它们被大声念出来时,仍然有着神奇的效果,并能将他从遗忘之中拉回,再一次点燃他双眼中智慧的火星。

这是我第一次见证文学的治疗效果——发生在它自己的作者身上。我知道,书籍有时候可以帮助他人,对于读者,它们是一个礼物、一个惊喜。但我不曾想,对于作者自己,一旦他写完放到一边,就不能、也不会对他有更多智力上的用处。然而,这里,在恰普斯基这间仍然堆满这伟大画家的画架的小小工作室兼起居室——唉,现在无人使用了——事实证明,无论他在一篇随笔、一本书里储存了什么,比如一句喜爱的作家的引语,都能起到神奇的注射的作用,只要半个小时,就能使他恢复青春。我无须多说,这有多么动人,以及他赋予了高声朗读怎样的意义。

在他的身体开始衰退前,我记得,恰普斯基还在热切地生活、阅读、写作,关注时事。他有两种关注的方式。首先,他每天读《世界报》,尤其注意从中了解波兰、俄罗斯、乌克兰,特别是东欧的新闻。其次,他的表现有点像一个国家新闻社退休的头儿,不再管事儿,但仍然保持着他的很多联系,通过习惯的力量,继续向他的前老板报告着他们的活动。约瑟夫反复向来客询问他们听到、读到、看到了什么。他有不知餍足的好奇心。他就是人格化的好奇心,好奇心的化身。当他听到什么感兴趣的故事时,整个身体都会做出反应。我们应该记得他经常是坐在沙发上接待来客,有时盘着腿,双手抱膝。他身材颀长,六英尺半高,坐在沙发上看起来就像一个旧时代的高中生,在自己的阁楼跟来客、他的同学打着招呼。

有一次他在电话里告诉我说,无论何时接到哪个朋友的好消息,"他都会高兴地从沙发上跳起来像一条鳟鱼"。沙发是他的保留地、领土、书桌、图书馆、卧室、工作室、客厅。恰普斯基的父亲在明斯克附近有一座大庄园,普日什卢克的宫殿,仆人、马车、树、森林、田野、菜园、玫瑰园,而约瑟夫只有沙发。在我正谈论的那个年代,他的生活一切如常,沙发并没有什么可恨的地方——恰恰相反。约瑟夫夜里睡在沙发上,到了白天就支在枕头上,枕头则靠在墙上磨损的地方,整个人躬在那里,像一把折叠刀,哥特人似的膝盖高高隆起,他会在杂志上做批注、写信、画草图、接待来客——一切都在沙发上进行。沙发上方,是书架,满是书籍与各种印着复制品的画册。书,有时还包着书衣，防止时间磨损，多少年来就一直待在它们被指定的位置，以致约瑟夫看也不需看，伸手就能找到，完全驾轻就熟。他长长的手臂就像港口上的起重机，在空中移动，手指轻轻拍打书脊，准确无误地（或者有时也出点错）抽出一份莫兰迪的展览图录、一册薄薄的霍夫曼斯塔尔诗集、一本米沃什的随笔集、西蒙娜·薇依的书信集、斯坦尼斯瓦夫·布热佐佐夫斯基的《日记》。但是，如果约瑟夫要找的书在架子顶层，已挨近天花板，他就会站到沙发上，摇晃在床垫之上，让我——和任何一个可能的到访者，见到时提心吊胆——担心这位九十岁体操运动员可能跌倒。但是，他是在自己的家中，在代替普日什卢克庄园的沙发上，没有什么可以伤害到他。在他柔软的城堡里，他安然无恙。

在这种缩减里并无什么令人不快的东西，而且他也并未感到贫困，一点也不，沙发真的成了一座宫殿：莫兰迪的瓶子是他的高塔，赫贝特的一首诗形成屋顶，马尔罗论艺术的大部头书是他的楼梯，花园则被两扇窗户取代，外面是摇曳多姿的法兰西栗树枝。

沙发和小型摩托车（后者在我见到恰普斯基时，已经不存在）这就是他的庄园，这就是留给这位欧洲贵族后裔的全部。如果有哪个生活优裕的读者偶然读到我的文章，感到心中一紧，对这个贫穷的贵族生出反射性的怜悯，我应该解释一句，恰普斯基并非生活在贫困之中，他只是节制地生活在一个房子里，这房子是位于巴黎郊外的名为"文化"的出版机构共有的一栋别墅的一部分，它的创始人和领导者是比约瑟夫年轻十岁的耶日·基德罗茨[①]。恰普斯基住在隔为两间的房子里：其中一个的中心就是前面提到的沙发，上方悬挂着书架，而另外一个支点，则是由他的画架组成。绘画工作占用垂直的大量空间，手臂得以有力地动作。此外，绘画更多粘上油墨的化学特性、油墨的气味，猛地一下会对寝具和衣物造成污染。绘画工作必须跟沙发

---

① 耶日·基德罗茨（1906—2000），波兰作家、社会政治活动家。

保持一定距离。

房间的布置反映出恰普斯基在艺术职业上的两重性质。沙发是他的文学、哲学、他的沉思和悲伤的场所（如果他曾经怀疑过自己的天才、自己的职业，那不是出现在画架之中，而是在沙发上）。

画架是他工作的工具。我对他的画布了解越多，它们四散在欧洲各地，我就越崇拜他的绘画天赋，它来自于巴黎画派，来自勃纳尔①和马蒂斯，但最终化为了他自己的表达，指向他的所见、他的洞察：一个在巴黎人行通道里乞讨的黑人妇女；演奏大提琴的罗斯特罗波维奇；高耸的黄色的云壮观地航行在黑色森林覆盖的黄色田野上；圣拉扎尔车站的手推车；高速公路，落日，消失在法兰西岛深处的黑色小汽车；静物，无数的静物。他曾有一次告诉我说："你知道，即便是在你最不开心、一切都不顺的时候，你也可以画一个静物。"从那时起，我就总是非常懊悔，因为我不能在最糟糕的日子画画——他的静物画，有些是莫兰迪的风格，有些完全是恰普斯基自己的风格，像糖融化在水里一样融化在桌布中的茶杯，大大小小的桌子（仿佛普日什卢克庄园里，那消失已久的光荣最后的支撑物，虽然这些桌子显然跟那消失在昔日的，幻影般的庄园，在物质性上毫无共同之处），三只插着画笔的广口瓶，其上是深蓝色不安的空间，仿佛这些画笔在回忆之前那些画，梦见它们，好像这些画笔拥有自己的记忆（有一幅作于一九八八年的晚期画，题作《阴影与画笔》）；苹果与鲜花，迅速升起的彩虹，消失在黑色云絮之中；三个慵懒地斜倚栏杆上的妇女，望着外面（《埃斯库里亚尔》，作于一九八三年）；一只花瓶和白色桌布，萨伊附近的田野，一辆红色的小汽车，莫利丝袜的一幅广告牌，熟悉和不熟悉的人的肖像画。

那么多年的绘画生涯！从二十年代早期到八十年代末期。画了七十年，在克拉科夫，在巴黎，在华沙，在苏联的集中营只能画素描，

---

① 皮埃尔·勃纳尔（1867—1947），法国印象派画家。

然后再到巴黎的郊区；此外，年复一年关于绘画、关于艺术的思考，写文章，偶尔令人惊奇地发现。他晚年对米尔顿·艾弗里①的发现就是这样一个例子：这位美国画家循着与恰普斯基相似的路子，至少在艺术上如此，而他在美国的地位也跟恰普斯基类似，也就是说，他是一个公认的大师、权威、对自己的完整性具有沉思的人，未被商业主义污染。

他随时都在作画，在家里，在度假时，很少有放松的时刻；更使他不断进行户外绘画。从他的日志看出，很显然绘画常常带给恰普斯基狂喜的时刻，虽然不是每天、每时，但在他的高峰时刻，在他状态最好的时刻，在辛苦工作之后，在繁重的劳作之后，在失败的尝试之后，他就会获得巨大狂喜的盛宴，酒神的节日——热情的火焰。他本人也是这样看自己的工作——说他是处在劳作与名声之间。短暂的盛宴。瞬间。但是从这些时刻里，成千上百的绘画作品出现了。在一九九二年，我到华沙去看恰普斯基绘画作品的一次奇妙大展。风景画、静物画，源于各种冲动与需要的风俗画，现在都已完成了，在国家博物馆一幅接一幅摆满大厅，狂喜转换成了永久画布的森林。

有时当画作没有出现时，他深受其苦，仿佛一个登山者因为一不小心打滑，从山壁上跌倒，失去了自己的原初视觉。恰普斯基洞察宗教和艺术之间的区别，他反对轻浮地混淆这些类别，所以我也不想模糊它们之间的界线。对于我来说，认识到他跟那些纯粹世俗意义上灰暗的"无形式"所做的斗争还很困难。

尽管画架在恰普斯基的精神生活中起着重要作用，这并不意味着那沙发，更冷静更富于理性的仪式，就不重要、没有意义。我甚至不能更进一步地明确其中的关系，至少不是因为我——像他的多数朋友

---

① 米尔顿·艾弗里（1885—1965），美国画家。绘画风格被称为"简洁宁静的美国表现主义"。他的妻子也是一个艺术家，在他逝世后，向美国艺术档案馆捐献了他的作品。

那样——只懂得他快乐、高兴与沉思的一面,而是因为我仅从几幅画或杂志上的词条就可以想到,还有另外一个恰普斯基,不计后果,狂野。但这是一个困惑我的谜,这样一个人,有很多朋友,这样一个快乐、好性情、思想开放、善良、勤奋、充满好奇心的人,在所有这些之外,他却还有另外一面,不安、动荡,更富戏剧性,与平常那种礼让谦恭的平静相去甚远。

当恰普斯基工作于画架时,他遇到黑暗、暴风雨般的力量,他要与之搏斗,设法控制。很难想象,会有人完全无视这一点,而迷惑于他们所认为的他身上天使般的甜蜜和太多的善良。但的确有这样的人——恰普斯基有敌人,如果他们成为他的敌人,也只是由于他好像没有敌人,他太善良了,太绅士、太智慧、太平静、太开放(我要顺便插句评论,因为他们成为了他的敌人,他们当然不能再说恰普斯基没有敌人,说他受到了不加批评的崇拜)。他们没有看到,或者说几乎没有怀疑,恰普斯基的另一面,他的激情,他面对魔鬼的能力。他的客人照例都只见到一个微笑、充满思想的人,有时略有悲哀,有时受扰于发生在一个朋友身上的事情(有时是发生在埃塞俄比亚的干旱)!通常却是充满温暖和幽默感的,真诚、真挚地为他们生活里发生的事情所吸引。

他跟客人共度午后的时光,喝酒,咖啡放六块方糖。我已经提到过他不知餍足、贪婪、巨大的好奇心。他对波兰、俄国、欧洲和亚洲感兴趣;某种主义突然、加速的倒台使他激动不已;他受到邪恶和苦难问题的折磨,但是,当话题转到沉思、集中思想、强烈的内心生活和那些懂得认真、平静的生活的人们那里时,他的脸会发亮。在不同的地方,在不同的问题上,他有他的代理人、特使和专家。他通过米哈尔·海勒了解发生在俄国的事;玛丽亚·诺瓦克给他带来第三世界波兰的消息;沃伊切克·卡普钦斯基与他讨论在欧洲博物馆的见闻;彼特·柯洛科夫斯基以及其他一些从波兰到来的访问者,使他得以不断了解波兰的大事;尤拉·尤日斯、特丽莎·哲杜钦茨卡和琼娜·维茹什-科瓦尔斯卡讲述他们的阅读和冒险。有时他连续几天都逗留在那其中一条信息之中——苏丹的大饥荒，或者孟加拉国"穷人银行"出乎意外的繁荣。在这一点上他就像西蒙娜·薇依。雷蒙·阿隆在某处写到过这样一件事，说他和妻子曾经出门，我想，是在春天的卢森堡花园散步，巴黎的天气一扫他们心里的焦虑与阴霾，那时他们遇到满眼泪水的西蒙娜·薇依，她高声说道："你的意思是你们没有听到？上海的警察朝游行的工人们开火了！"

恰普斯基懂得在心里为人分忧，也懂得全身心为他们的成功高兴。有一些形象显然萦绕在他的想象中，比如他读到的雅克·奥迪贝蒂①一本书的描写，记述一头母牛在送往屠宰厂时受尽折磨：它被抽打不说，甚至在腿都已经断裂的情况下，赶牛者最后还把报纸在它腿下点燃，迫使其移动。这是极端的残酷，自然吞噬了自然，人类毫无顾忌。而在另一面，也有跟这悲剧的一幕相左的事情带来的快乐。他从未停止思考那些对于他的努力非常关键的问题，不停地放弃和更新他的问题，就为了建立自己的自然神学。虽然这些努力也不是系统的，我甚至想说，他反对得出最后的结论。仿佛不断接待新的客人、朋友、特使和代理人，恰普斯基避免就这个世界的状态说出他的判决。新的证人不断出现：孟加拉国的洪水毁掉了"穷人银行"脆弱的成就；乌克兰农民受挫于几十年的集体农庄，不再知道如何耕地；反犹太主义在波兰抬头。但是，那时另一些报信者也会带来更好的消息：一个新的天才画家在德国出现了；索尔仁尼琴从斯大林主义的压迫里爆发出愤怒的抗议；一个敏捷、聪慧的年轻人从波兰刚刚走出来了。法庭每日开庭，会议每天举行，法官恰普斯基聆听证人的证词，人们看到他不时大叫、暴怒、热烈地赞美——他有一种移情的特殊天赋——但他从来不急着宣布裁决，他会把决断推迟到之后、明天、次日，直到最后他失去力气。他去世了，判断还没有宣布。而这似乎是

---

① 雅克·奥迪贝蒂（1899—1965），法国荒诞派戏剧家、诗人、小说家。

应该的，神正论意味着保持未完成性。这不是粗心、懒惰或者不经意，也不是法庭常见的那种迟疑不决的情形，也不是众所周知的烦琐拖拉。法官恰普斯基一定知道，他没有丝毫对世界下裁决的欲望，那是他绝对没有准备好的……

也许有过似乎就要做出裁决的时刻，法官的耐心仿佛就要用尽了。但是，法庭采纳的每个程序步骤，包含了无限期延迟裁决的原则。吸引恰普斯基下午开会讨论的证人如流水而来，似乎永远不会干涸。我已经提到的名字，只是恰普斯基众多客人和朋友中的很小一部分而已。从波兰来过安杰依·瓦依达、克里斯蒂娜·扎赫瓦托维奇、雅塞克·沃什尼阿科夫斯基、亚当·米奇尼克、斯坦尼斯瓦夫·鲁德钦斯基、伊尔兹别塔·鲁宾斯卡，还有很多其他的人。让娜·赫什从日内瓦来，迪米特里耶维奇从巴黎来，贝内特夫妇从贝勒维尔来，米沃什从加利福尼亚来，很多年前耶日·斯蒂姆坡夫斯基从伯尔尼来。人数是如此众多：有些见证人我完全一无所知，因为很多人在我来巴黎认识恰普斯基之前就已经去世，另有一些他也从来没有对我提起。但是，我的目的也不是编一个恰普斯基的朋友名单大全。然而，我能够肯定的是，他对其中每个人都会以特有的方式讲话，那就是，简单直接，抛弃单纯的客套和闲谈，直接进行他那无止境的对于世界问题的调查。而我不会是唯一为其魅力倾倒的人。其他的朝圣者一定跟我一样崇拜他（让娜·赫什说过："恰普斯基作为画家、漫画家、作家都是一个例外的独特人物"），他人被吸引到他身边，就好像被一道源泉吸引。我使用这个判断的比喻，部分原因在于，恰普斯基无疑属于那些警觉的哈西德派教徒所相信的三十六个正直人之一。同时也因为正直的法官从不宣布他的裁决，他从不认为自己知道得已经足够，见证人总是不够充分，新的事实总在不断涌现。正像法官在审理一个人杀了另外一个人，而另外一个地方一个人救了另外一个人，法官只是在下周，也许下月、次年得知这一个案子，他不能准时宣布裁决，时间逃避了公平之网，继续向前流动，渴望着变化。

为什么一个画家必须裁定世界？他从哪里收集这些骇人的观念？谁给了这个生活在巴黎郊区拉斐特之家的老移民许可对整个的存在做出裁决？——谁知道他持有何种护照，他的处境是否合法，或者是否就像法国一些小地方的说法"合规矩"。但是，那些了解他的人不会怀疑。我打开一本恰普斯基大型展览的目录，于是，发现让-路易·库费尔可爱的文章。这位来自洛桑的作家，我还从未见过他。我立刻意识到，让-路易·库费尔对恰普斯基的崇敬跟亚当·米奇尼克、安杰依·瓦依达、让娜·赫什完全一样。这种崇敬通常有两层甚或三层：对他作为画家、作家、随笔和回忆录作者，以及对他作为一个人本身，他的单纯、理解力和善良的崇敬。每个遇见他的人都会立刻懂得，这是一个大写的正直人。这赋予他做出裁决的权利，这权利从未被运用，如我说过的，因为他从来不曾宣布判决。他的确曾经有过那样的日子，世界残酷地对待他，几乎造成对他最后的一击，他的脸因义愤与疲倦变得黯淡。但在另一些时候，他却为他读到或看到的事物而入迷。他会被一处风景的美，或齐奥朗尖锐的警句，马蒂斯或夏伊姆·苏汀①作品的复制品所征服，那时他的世界就充满着欢乐。因为，如果他是一个判官的话，他也不是判决一些孤立出现的事情，不是警察记事簿上的偶然事件，甚至不是历史事件，而是目前这样的世界。因此，包括时代的内在生活，他的书籍和绘画，他的音乐，甚至他的风景和树、郊区火车上下班的人的脸、咖啡馆里见到的人们的脸。

这里是摘自他日记的例子："咖啡馆。在我前面，一个胖女人身穿深蓝色衣服，点染着淡淡的紫罗兰。有力、黝黑的手臂。一个戴眼镜的男人，一副台灯一样的脸孔、细眼睛，坐在桌子边一张沙发上。

---

① 夏伊姆·苏汀（1893—1943），法国画家。他是犹太人，在巴黎生活期间对印象主义画派做出了主要贡献。

在他对面，有一面镜子，我的发型看起来就像戴维·本－古里安①的。疲倦的脸，从鼻子、颊骨、眼角延伸的粗糙皱纹，脸容差不多是紫红色。这是我的身体，不是我。镜子的上端呈现越来越多的浅棕色。好极了。因为咖啡馆红色的遮阳百叶窗，我的脸甚至变成了玫瑰红。"很显然，这位法官，作为一个画家，首先是一位画家，也裁决和观察自己，不像那些判决他人却唯独看不到自己的人，只要戴上假发，马上就变成了蜡像人物，没有身体和情感，所以他们看不到自己。

还有一个话题，具有传记性质，可以肯定的是，它不解决什么、不强迫什么、不决定什么，但是正因为如此，反倒影响恰普斯基和他的朋友的想象。他一次次逃离死亡，以某种——神秘的方式？波兰人都熟悉他的故事。在一九三九年九月，他以上尉之职被调遣至前线，成了苏联而不是德国人的囚徒。读过历史书的读者知道，依照两国外交部长莫洛托夫和里宾特洛甫的协定，红军一九三九年九月十七日从东边进攻波兰。总共有一万五千名波兰军官和无军衔的军官，被俄国人拘留在三个集中营。直到一九四〇年春，这些被俘军官大多消失了，只有大约四百名军官被转往位于格罗绍维茨的几处集中营，至于他们的同伴去向如何，毫无线索。尽管也有种种推测，想到种种可能性（也许被送到更北边的地方？也许南方、东方？）今天，每个人都知道，这些消失的军官被枪杀了，依照斯大林的命令，被一颗从后脑射入的子弹枪杀，然后，在春天，在鸟儿歌唱之时，浅浅地埋在一座万人坑里。

恰普斯基却逃脱了死亡，依循其传记的奇异逻辑，他发现自己身陷格罗绍维茨另一处废旧的集中营，在此他还做过系列关于马塞尔·普鲁斯特的演讲（后来单独成书出版）。恰普斯基的人生演变打上了

---

① 戴维·本－古里安（1886—1973），以色列第一任总理。他出生于波兰，领导创建以色列国，是现代以色列当之无愧的国父。

这个矛盾的标志：这平静、快乐的画家、作家，在古拉格群岛的中心也能继续他的普鲁斯特研究。他参加了二次世界大战，在内心深处却一直是一个和平主义者。第二次世界大战之后，他被推进一个苏联体制检举人的角色里——比如，在鲁塞著名的审判里，他是证人——尽管从气质上讲，他更适合成为一个勇士。也许，他一生中最不同凡响的时刻——至少在其外部、史诗性的维度上——是弗拉迪斯拉夫·安德尔斯①将军交予他使命的那一刻，那个使命是寻找消失的波兰军官（现在我们知道是被枪杀了）。恰普斯基在俄国跑了几个月，跟内务人民委员会（即后来闻名的"克格勃"）的将军们谈话，要求调查到那上万名军官的命运。体弱、瘦削、六英尺半高的恰普斯基，勃洛克和霍夫曼斯塔尔、诺维尔德和塞尚的崇拜者，看够了斯大林警察部门各种要人的方脑壳。他们完全清楚那些波兰军官的结局，这另一世界的来访者一定让他们觉得十分可笑。他们一定是极力克制着才没有直接下令毙了他。他就是个阶级敌人的典型代表，他就是注定要被消灭的"旧世界"的一个化身。因此，他肩负的调查使命一点也不轻松。在内心之中驱使他的智力的激情，一点也不像在外国行事。他总是努力分辨神秘的小道消息，和外头一般性说法，寻找它们之间的共同与不同之处。他从未丧失这样一个感觉，他亏欠着那些不幸、被谋杀的同胞，所以他必须完成安德尔斯将军托付的调查使命。直到生命的最后一天，他也必须找到被内务人民委员会枪杀的受害者，即便这使他处在一个他相当不喜欢的"官方的"、"等级制的"、"程序化的"位置（我想，在波兰，恰普斯基仍然更多地被作为"卡廷事件"的见证人，而不是一个随笔作家或画家为成千上万读者所知）。

---

① 弗拉迪斯拉夫·安德尔斯（1892—1970），波兰将军。1939年被苏联俘虏。1941年获释，奉命在苏联境内组建波军。正是组建过程中，安德尔斯将军要求获得在苏境内失踪波兰军官的消息，后来这些失踪者被证实在卡廷被杀害。安德尔斯1943年5月任近东波兰部队司令，1945年3月任西部战线波军司令。

在战后，恰普斯基很晚——只是在五十年代——才带着极大的欣慰之情回到绘画与写作中来。专家们常常谈到他对"看"的发现，绘画将他从色彩主义的教条中解放的方式，以及他的画向视觉打开、向真正的"看"打开的那种时刻。但是，恰普斯基的战后绘画作品，也掩盖了一种纯粹无政府状态的要素。"看"可以是无政府状态的，也可以成为无政府状态的。恰普斯基的画是一个移民的作品，他以一种"野生"、间接、惊讶的、无政府的方式，观察巴黎和他的居民。不是《自由引导人民》，而是一个坐在地铁车站长椅上的黑人妇女。不是《在拉格兰德加特岛的一个星期天下午》①，而是验光等候室里的三个病人。"看"必须受到一个原则制约，"内在自由"的原则，从他的布罗克②日记来看，它曾让恰普斯基那么着迷。穿着一件左肩带绿色条纹的宽袍，像个巴黎律师那样在巴黎漫步，跟作为一个移民在巴黎漫步是完全不同的两件事。一个巴黎的辩护律师穿过他的城市，那城市是分等级的、极其有序的。总统和部长高高在上，工程师和律师忙碌在下面，每个建筑都有它的价格标签，每个人都知道投资房产还是投资黄金更好。移民看到的是一个完全不同的城市，它是异己的、与己无关的，他的内心充满对社会等级制力量的排斥。圣拉扎尔宫前的手推车，收拾咖啡馆桌子的工人，长椅上怀孕的女人——是比总统的宫殿更为有趣的视觉艺术题材。视觉是没有等级制的。春天太阳下闪亮的汽车——刚下过一场雨——在加里波第大道的高架桥上，跟巴黎圣母院具有相同的意义（这就是为什么来自许多国家的移民喜欢巴黎的原因。他们遭遇这个令人不快、到处是政府办公室与官僚的资产阶级城市，以自由的目光肆无忌惮横扫它的社会结构，因此将它分裂为不相干的原子）。

战后的恰普斯基是一个绘画者，也是巴黎的一个无政府主义者。

---

① 法国画家修拉的名作。
② 布罗克是1924年在波兰成立的第一个抽象派画家组织。

当他漂流在巴黎市区，手握写生簿，等待一些阳光打开视觉之门，等待墙的延伸、某个人物、一些色彩以狂喜的语言开口。他是自由的，并且他一定已彻底忘记内务人民委员会那些将军以及与他们的谈话（假如可以用"谈话"这个词来描述那些不能称为会见的会见）。当然，他也不再想起他的贵族家庭和普日什卢克的庄园。他更愿保持对于歌德的忠诚，他捍卫记忆的执见与现时之美。我们生活在一个保护记忆的年代，因为据说它——并非没有原因——受到围攻；但是我们也许夸大了我们对记忆的狂热崇拜，即使在今天，歌德也会毫无疑问地捍卫当下的价值！

要理解恰普斯基，我们只需在移民的聚会上迅速看他一眼，听他自然地、一如平常地、不顾政治修辞压力地谈谈卡廷事件，看看他沿着塞纳河漫步，同时记下建筑物的灰暗和河水的绿色（"我条件反射般看着，半自觉地注意到黑色和灰色的分布，衬托出塞纳河的激浪那沉默的绿色"）。这儿，他是一个公众人物、道德权威；那里他又是一个匿名者、无名之人、一个无政府主义者、一个移民。不过，无论怎样，并不存在两个单独的恰普斯基，互不相关、彼此矛盾。他内在的单纯将这些对立因素和谐地融合。"伦理的"艺术流派与"审美的"艺术流派之间延续两百余年的战争（好想这样一个区分真的存在！），在恰普斯基漫长的一生中，这种使他不快的激烈争论，并未特别烦扰他。或许他们的确想烦扰他——他却视而不见，对于当代艺术在此问题上的分裂和争辩，他虽在日记和札记里也曾提到过——但他以完全属于自己的方式解决了这特定的两难问题。

艺术上纯粹审美的要素驱动着他。在波兰艺术和审美的历史里，很容易将他置于"爱国者"、"介入"艺术的对立者之中——也就是说，艺术是被它的主题驱动，而不是被绘画、绘画的材料驱动。在这一点上，他的确是巴黎画派的学生，也是过去时代的艺术家，伦勃朗和苏尔瓦兰、弗米尔和莫兰迪的学生。但这只是故事的一部分。晚期的恰普斯基绘画和思考，都特别在意一句格言"表达世界的恐怖"——这不单是审美问题,更是哲学问题。最初的印象主义者的甜蜜对他来说太格格不入了。他发现印象主义者之所以引人注目,只是因为他们唤起了对"世界恐怖"的反对。此外,凡是读过恰普斯基的札记(它们藏在他难以辨认的笔记本里,正在逐渐为人认识,成为他杰出的遗作)的读者都知道,他的绘画和写作得以生长的积累是多么深厚。这些札记来自于全部丰富的内心生活,一种处于纯粹的看与神秘宁静的期待之间的灵性。它们也是直面历史与自然之恐怖的言说。他是那么丰富、复杂、不知疲倦地寻求深奥真理的一个人,要想在他那里画一条在"伦理的"与"审美的"之间的线,不免迂腐,甚至滑稽。然而,在艺术的狂喜与道德之间——严重或不严重——的对立,并非一个学术的发明。恰普斯基的解决办法——我勉强使用这一说法,因为恰普斯基总是更多地被"追寻"所吸引,而不是结论——取决于对一种特别简单的并置处理(就如喜欢用的一个副词"仅仅")。他融合了神秘主义者的气质、那些需要几个月甚至几年,需要一种绝对、积极的诚实才能获得的对于外部世界的预感,他对他人的行为和态度,一种明显的、在写作中自发存在的、全能的正义感。道德上不受腐蚀的恰普斯基?绝对是的——不过又不像罗伯斯庇尔,他从未将在德行方面严苛的要求,施加于他人。

克制结合了善良。因为他也——"仅仅"——是一个非常善良的人,他交朋友不只是为了交谈,而也许主要是为了在他们需要之时帮助他们。到我认识他的时候,他已不再有力量积极地提供帮助——但是,比如在让·科林的信中,我发现约瑟夫"给巴黎的朋友递包裹"的形象。有时,他也叹息——在他最私密的日记里——他太忙了,难得有时间绘画、阅读和思考,而他却把牵扯精力的其他活动视为义不容辞的义务。

恰普斯基是一个真正伟大的人,但正是"伟大"这个概念使我们难堪和不安。当代哲学提供的理论装置不能将其引向对"伟大"的理解。恰普斯基身上无情的诚实也给自己带来痛苦:他不断地测试着，似乎要看看他的经历是否真实的、看看那些启明的伟大时刻是否只是腺体和荷尔蒙施加的转移其注意力的诡计。而且他从未得意洋洋地肯定自己的绘画或者散文。尽管如此，恰普斯基日记里的主导情绪，仍然很不同于刻薄的存在主义者众所周知的对本真本然性的寻求。他对真理富于激情的探求的调子，几乎是天真的——"几乎"，但并非完全。他拒绝了那些层出不穷的超现代的革新，这些革新在我们的时代几乎要废除画布、毛笔和油画颜料。这种千变万化的特殊物质，非结晶的、从那许多伟大绘画作品的表面可以脱落的东西——油画颜料，这世界的脊骨。一种几乎天真的忠诚，几乎天真的探求——却从来不曾降低为那种廉价、老生常谈的质朴，那是那些缺乏内在训练的传统主义者最爱展示的。对恰普斯基来说，这种接近天真的东西，是一条道路，确保将其引导着正确无误地越过前卫艺术与现代欧洲思想的怀疑主义各种变换的时尚和时髦。

对于他，威胁无所不在。但是他没有受到民族主义或马克思主义的干扰——没有什么比马克思主义对于他来说更异己的东西了——甚至前卫艺术内部的种种意识形态纷争（这的确有时在他的创作道路上使其感到头疼、产生短暂的怀疑）。他感到对其威胁最大的，当属西蒙娜·薇依，他欣赏她、热爱她，但是，无论是将她看作一个个人还是一个哲学家，他又都畏惧她。换个不同的说法，这个威胁不是来自地上的乌托邦，而是来自怀疑主义的领地。与西蒙娜·薇依充满激情的讨论，充满他的日记。他将她的书熟记在心。他将她的传记、她的书信以及朋友写给她的文章熟记在心。

有一次，在八十年代后期，我们带约瑟夫到于舍特剧院看一部戏——出于玛丽雅·诺瓦克的建议——那戏是以西蒙娜·薇依生平为依据编剧的。扮演薇依的女演员身材外形十分像薇依。而且她似乎太入戏，受到曾经杀死薇依的相同的歇斯底里症困扰。有一个时刻，他们甚至试图阻止戏的上演，因为那个扮演薇依的女演员太沉浸于自己神秘的受苦和狂喜的状态，以致不能继续演下去了。该戏制造的模拟，绝对是非凡的，因为女演员和她的角色之间的关系，准确反映了西蒙娜·薇依间歇发作的生活和后来更长时间、更平静、更少危险的存在之间的关系。约瑟夫同样被震动，他身体发抖，并且记下了舞台上的薇依，或者薇依生平故事的叙述者——那个角色所说的每一句话。因为他熟悉那每一句话，他对它们的反应是强烈的。在戏院里，他的反应几乎像个孩子一样，以致在薇依遭遇等待她的灾难时，他从座位上跳起来，要跃上舞台拯救她。无论是在这部戏里，还是在薇依的生平里，西班牙内战都是具有极大戏剧性的事件。约瑟夫尤其被其中一段吸引——他清楚地知道，并记得——佛朗哥军队里一个十五岁的士兵被薇依所在的小组捉住。指挥官发出最后通牒：要么声明与佛朗哥断绝关系，要么迅速被处死。男孩选择了死（这是薇依怀疑共和事业之始）。接着是一个短暂的戏剧冲突暂缓的时间；他们重现了一个著名的插曲，取自于古斯塔夫·蒂蓬的作品，此时薇依沉浸于对罗纳河谷的沉思。然后，离薇依在大不列颠的死亡已经更近了；叙述者即将宣布戴高乐对薇依的判断（"她疯了"），但是，让演员和观众惊奇的是，约瑟夫插了进来，从座位上跃起，带着深深的感情高声叫道："她疯了。"

"她疯了"，恰普斯基在位于拉丁区的于舍特剧院小小的观众席上喊道。他激昂的叫喊，包含多年的情感，代表他与西蒙娜·薇依无止境的斗争的激情。有那么一刻，我想，恰普斯基很想认同戴高乐。戴高乐本人可能也疯了，就如英国人所忧虑的，不过他有足够的常识和政治上愤世嫉俗的犬儒哲学，看出薇依想随步兵一起冒死在前线组织护士队的计划实际上是不可能的。"她疯了"；在恰普斯基的日记里，我没有找到感情爆发的叙说，但是，如果日记的作者真的将他所有对于这个急切的法国女人的愤怒和反抗时刻都记录下来的话，爆发是肯定会显示出来的。毕竟，她不会让他绘画！画家恰普斯基不应该绘画，因为绘画是被误导的想象力的一个最好的例子。想象——用薇依的短语来说，就是"填满虚空"。这虚空本是上帝借以向我们讲话的。想象力是通往并到达"永恒"的一个阻塞物。帕斯卡尔已经谴责了绘画：绘画是多么的虚荣，它以事物的相似性引人注目，而不关注事物的本源。艺术是具有膨胀自我之轻浮个体的消遣之物。世界——对帕斯卡尔和他来自皇家港的朋友来说——是虚荣、娱乐的领域，艺术是小玩意，属于不可靠的背信弃义的地带，从那里我们本应退回到祈祷、宗教沉思里去。西蒙娜·薇依在多方面都是帕斯卡尔忠实的学生，忠实而且严厉，对想象毫无好感。西蒙娜·薇依和帕斯卡尔——区分他们二者传记的时间似乎是无意义的——他们都不信任艺术。艺术不过是虚荣、自恋主义的练习，借以炫耀自负的巨大气球。薇依只指出了一个例外，那就是格里哥利圣歌，在其中，"我"在僧侣的单调歌声里，的确彻底消失了，至于"英语诗歌"，薇依用这个词并非是指全部的英语诗歌，而是说那些玄学诗人。在一封给《南方日志》编辑的著名信件里，薇依抨击了两次战争之间的文学，特别是超现实主义，既忽视了善与恶之间根本的区别，还沉湎于想象的快感。作家们不是追求真实、神圣的现实，而是在发明一种人造的现实、人造的迷雾。

"她疯了"，有的读者也许会说，跟戴高乐与从座位上站起来的恰普斯基一起这样说。我们怎么能够抛弃艺术及其工具——想象呢？遗弃了想象后还剩下什么呢？又以什么名义取消呢？神秘的期待，有人可能会说，在任何情形下都是可笑的，从一开始就注定要被打败，因为它们是虚假的、完全没有基础的，或者在最好的情形下，另有人也许会补充说，也是不能用语言表达的。它们也许是真实的，甚至是非常重要的，但是它们不能以人的语言来表达。神秘经验不能被交流。如果能，这个星球上就不会存在任何一个无神论者或不可知论者了，他们就全会被一股强大的宗教热情席卷而去。但是，事实上，神秘主义者是沉默的，或者说他们通过暗示讲话，他们召唤隐喻，他们围绕燃烧的篝火而自身并不成为火焰。他们只对那些遭遇过启示的人讲话，对那些夜里被神迹带来的火焰惊醒的人讲话。但是艺术的存在方式完全不同，更加有力、更加直接。也许，艺术并不总是那么有抱负，并不总是寻求永恒，它满足于人类自身，甚或有时仅仅满足于一个装满李子、苹果和葡萄的托盘。有时候，在音乐里，它通过旋律，唤起渴望，引发模糊的希望、朦胧的回忆。美是幸福的保证，司汤达说。西蒙娜·薇依更接近康德的传统，美被理解为距离、超然，从感官的专制中解放。艺术导向理解；另外有人梦想所有那些亲密的对话。所以，有人在公园的长椅上阅读一本书时微笑。有人为德加的《女帽店》激动不已。有人在听到莫扎特《a小调钢琴奏鸣曲 K310》时精神焕发，感到它是一首召唤我们走向生活的非常轻快、愉悦的曲子（虽然写这首曲子时，莫扎特第二次到巴黎，那是他悲恸的日子，他的母亲去世了，而法国的音乐批评家心中只有本土的天才，拒绝承认这位奥地利的作曲家）。

为什么西蒙娜·薇依的苦行主义那么折磨恰普斯基呢？为什么她试图与上帝融合的探求使他不安？他可是一个受命运之赐活了很长寿命的画家，并且绝不将自杀视为对绝望的治疗。为什么薇依的探求妨碍到他从工作、绘画、思考和生活里取得的快乐？在薇依之外，他还有另一些的净友。斯坦尼斯瓦夫·布热佐佐夫斯基即是其中之一，特别是在其慷慨激昂的回忆录中，这位患有肺结核病的哲学家详尽地说明了他的观念和信念，以及他对于规范、训练有素的智力劳动更持久、更平静的梦想。事情好像是，恰普斯基有意通过两个不同领域的争斗惩罚他自己。他时而草草记下一些不太棘手的草图，在他不饿或不生病的时候，所以他有意以这两种燃烧的方式及其提早预示的死亡来折磨自己。这显然并未达到恰普斯基对薇依作品的迷恋的核心。在下文我将再回到这一点——尽管到时我也不能保证得出一个完整、彻底的答案。但我开始意识到，我已经花费太多时间在这些抽象的问题上：它们属于观念史的领域，在这方面我远非专家。

我宁可描述恰普斯基如何微笑、如何讲话、如何迎接客人，和他谈话时的激情。我宁可呈现他作为恰普斯基的那个人和作为约瑟夫的那个人——其中没有根本的分界，但存在微妙的区别。你可以从他的工作、书、绘画以及他的人生故事里发现恰普斯基。恰普斯基的画及其说明文字静静地摆在美术馆、博物馆、私人收藏室和图书馆里，它们那么安静地存在着，仿佛没有意识到它们的创作者已经去世。另一方面，约瑟夫的人性，永远在地球之表消失了。他的六英尺半的身躯，略略有点驼的后背，已经不在了。

毕竟，他也不能将自我完全表达出来。没有人在艺术里能够找到完全的表达（唯有基督教"不朽"的观念假定了绝对的自我表达）。即便如此，恰普斯基仍然特别的幸运，因为他有着两方面清晰的洞察力：他的艺术，记录了他看的方式；他的写作，努力传达他的观点和情绪，保存了他独特的语言方式。不仅如此——他生活得很认真、很好。我不能确定，说他有一个"强大的个性"。个性可以是限制性的。个性是某个向他人展示的东西，一个我们借以向他们施加压力、征服他们、殖民他们的工具。此外，具有超强个性的人常常不能忍受孤独，因为他们的个性统领着内心生活。恰普斯基没有一个很强的个性，他有很强的人性。如果他与其他十个人一起，受邀参加一个晚宴，他并不引人注目，他不会支配整个晚会。他从来不是机智出众的一个人，不是事后你会将他作为晚会明星记住的那个人——除了他不俗的身高和衷心的微笑。在一对一的接触中，恰普斯基表现得更有力，那种时候你不会受制于任何预设的看法，而是有另外一些更其微妙的东西起作用——他的微笑、讲话的方式，甚至他的踌躇。每个认识他的人，都懂得他的魅力。安娜·阿赫玛托娃与恰普斯基曾在一九四二年冬天于塔什干见过面，她与其他许多作家从列宁格勒和莫斯科被疏散到那里，只那一晚上，她就爱上了他。关于他们的会见，她写过一首诗；不久前，布罗茨基第一次看到恰普斯基的照片后与我说起，并评论道："我现在明白她为什么会爱上他：他有一种白卫军的魅力。"

所以，从在社交场合下引起关注这个意义上讲，他不是个性很强的人。他甚至不时从交谈中完全退出；这有过一些著名的例子——在他晚年，住在拉斐特之家期间——那时他已经谢绝乏味的来访者，那些令人沮丧的客人只为来瞪大眼睛瞧一瞧"伟大的恰普斯基"。他在社交方面的克制还体现在他总有热情在笔记本上草草记下一切所思所想。但他绝对不像穆齐尔小说里"无个性的人"。他不缺乏个性（我现在就在试着描述它们），但它们都是悄悄地显现出来的。它们就像一张画布，紧绷在一个大箍上，因而显得几乎透明。这个箍就是由恰普斯基大量的计划、项目和劳作组成的，它们不断充实着他的生活，只留给单纯的精神很小的空间。

我后悔没有记录下更多约瑟夫说过的话。现在，我查看我记下的少而又少的笔记，最使我吃惊的，是他生活于其中的那种智性的紧张，对于"世界的恐怖"的感觉，这我已在上文提及。有一次，在与约瑟夫的谈话中，我记得，我赞扬了一个熟人的随笔文章。他的反应是："是的，但你没有感觉到，那文章只面向深渊。"另有一次，我们在一个共同的朋友家里，那是一个著名的作家。约瑟夫听了一会儿我们关于"时代精神与它对艺术和思想的无情影响"这一话题的讨论，突然开口了："我一点也听不懂你们，时代精神是什么东西，对你们自己的眼光来说，真正起作用的是保持真实，就此打住吧！"当然他是对的。有时，关于世界的残酷的思想几乎使他瘫痪。他曾经说过："你知道，代替'我们一起来到河边'这句歌词，我们应该唱'我们在互相吞噬'。"尽管如此，他有时还是安详，甚至是快乐的。在另外的人那里，这很可能被认为是伪善：瞧瞧这个快乐的老人，在他整洁的房子里，养得好好的，朋友多多，而他假装被另外的烦恼事激怒。他一面大喊这个世界是残酷的，却一面往咖啡里加糖；他不富裕，但他什么也不缺：雅尼娜太太为他准备午饭，尤拉·尤日斯和他谈论一些聪明的书，雅塞克·科拉夫切克在一边敬佩地看着他。来自波兹南或克拉科夫的年轻画家前来朝拜。但这并不是一个滑稽剧，约瑟夫毫无做作的意思，他不懂表演；他最显著的特征就是单纯简单，这使之排除了任何形式的做戏。绝对的简单，缺少任何外交手段或者处世之道。最多，你可以指责他——如果你不喜欢他——偶尔会得意忘形，或有时轻易流泪。但是，这也是从他的单纯、从他认为"我们都是平等的"看法中间生长出来的；即便是从华沙来拉斐特之家拜见恰普斯基的学生，也可能有很重要、决定性的东西要说，需要认真体会和理解，所以他也必须认真倾听。

作为一个思考的人，恰普斯基属于那样一个罕见的艺术家类型——他们战斗、相信、怀疑、满怀同情地担忧——直到生命的终点。他们也没有十分有把握认为自己知道什么。不同于人数更多的一个类型的代表人物，他们知道，或者他们认为自己知道，并热切地向人传达一个、二个、三个或者四个观念，而恰普斯基这个类型的人一生都有一种感觉，有时是辛酸的感觉，但也不排除有一种令人愉快的忧郁，认为神秘包裹着最重要的东西——时间、爱、邪恶、美、超越——他们还在，但已经老而疲倦了——这些都是那么不可理喻，就跟在他们青春年少时一样。一无所知并非一种消极的状态或甘心无知的状态；它根本不是一种状态，而是一种态度、一种思想的气候。我不能想象这个思想者家族中的谁会简单地站出来说："我不知道。"（也许他们会在自己的传记里，或者给学者和朋友留下那样的意思，他们是否在意，我不确定）。说"我不知道"就像迁移到另外一个不同的部落，一个得到普遍认可的观念的部落。于是，他们——这里真的存在一个复数么？恰普斯基有过精神上的倍数么？——并不急于形成信条。他们一生都全神贯注于探求本身。恰普斯基就是这样，长期都不确信自己作为一个画家和作家的天赋（我们不应忘记），在他的札记和随笔文章里，他都批评过他的身份特征里几个组成部分——"伯爵""波兰人""天主教徒"，甚至"画家"和"作家"——但他终究一生都是一个自由的人，探求着真理和艺术的表达。他梦想表达出"世界的恐怖"，事实上在他晚期的风景画里，在接近九十岁的作品里，达到了那么一个目标，其中，焦虑和恐惧已经不能与安详、甚至幸福截然分开来。他的札记常常显示出那样的痕迹，深刻的情感、怀疑与绝望伴随启示的时刻、欢乐的时刻，它们来自于经常性的工作与阅读。

在英语文学的传统里，有一条由约翰·济慈在一封极好的信里系统阐述的原则，这条原则包含了一种否定性的能力。济慈认为，应该与永恒的"不确定性"生活在一起，不应该表达世界观，采取立场，而宁可将自己敞向各种信念，却又不放弃自己内在的自由。我想，恰普斯基对于《希腊古瓮颂》年轻的作者，肯定一点都不会感到惊讶。

恰普斯基，他不是一个"什么都知道的人"——这是什么意思？一个阅读一切，诗歌和散文，一个能背诵波兰语、俄语、德语诗歌的人，自豪于对世界和人无限的好奇心，一个直到生命终点还在研究绘画艺术的人（按葛饰北斋①的说法，他是一个计划在一百二十岁达到绘画高峰的人）——他说他不知道是什么意思？我认为，他的"我不知道"的心灵完全是宗教性的：强烈的信念和强烈的怀疑，伴随着绝对不能安于一个固定、稳定的形而上的确信。恰普斯基的宗教笔记充满运动——他的信念轮番起落和流动。他是深刻地反教条的，以致他甚至不相信自己。他怀疑，信仰也许也在抄近道。但他知道，什么也不信也可能是在抄近道。在他床头桌子上一直放着西蒙娜·薇依和斯坦尼斯瓦夫·布热佐佐夫斯基的书，两个同样早逝、"知道"的疯作家。他要经常地重读这两位认为自己发现了真理的思想者，因为他自己不知道。但是他的"不知道"是充满激情、充满热火的。它不是在教室被老师指着的、睡意昏沉的大个子，在回答问题时说的"我不知道"，也不是某个意大利内阁大臣被指侵占或造假时，无辜地回答时所说的"我不知道"，甚至也不是某个东方哲人沉浸在亚洲的遗忘里所达到的那个"不知"。（这也是因为所有宿命论和顺从论都跟恰普斯基格格不入；他曾背着包裹，为了朋友跑遍整个巴黎！）他要

---

① 葛饰北斋（1760—1849），日本江户时代的浮世绘画家，葛饰派的创始人。

一遍一遍阅读西蒙娜·薇依，就是为了借助她狂热的"我知道"温暖他的"我不知道"。结果，他的"我不知道"也被燃起一粒星火，比我遇到过的无数其他的"我知道"，更为有力、更为动人。这不是一种起于健忘症、懒散、沮丧、否定性的消极、不可知论的"我不知道"。这种"我不知道"是积极的、有独创的灵感的、大智的。它生来即存在于恰普斯基工作的正中心；它搏动在那些出色的札记和随笔之中；它赋予他与朋友们，并不熟悉甚至刚才遇到的人的谈话以勃勃生气。同时它——以不同的方式——也暗藏在他的绘画作品里。也许正是因为他执拗地顺从他的"我不知道"，所以才能一直画到那么高龄，一直不满足于自己的进步，一直在那些伟大的大师前保持谦卑，在那样一个年龄，另外的人，大致上都只能复制自己、开始建立自我满足的传记的纪念碑了，他却仍然能够展开新形式和新角度的探索。恰普斯基的"我不知道"是其精神生活、漫长人生历程的灵魂。有时，他似乎在其他人那里找到了那种"我不知道"，比如：曼·德·比朗①，欣赏他内在的诚实；罗扎诺夫，恰普斯基竭力去理解他那些荒诞的、不断改变的信仰上的观点，尽管他不想模仿他；还有埃米尔和塞尚。他的"我不知道"帮助他，跟他不再相信的那些权威保持距离——就如他在早年拒绝褊狭的托尔斯泰主义，也正如他放弃波兰后印象主义者的美学教条。这种燃烧的"我不知道"是驱动恰普斯基探索的引擎，也被证明是——尽管他是有意识地探索——保持永恒青春和无限热情的保证。同时——我要再次重复，因为这是非常根本也十分罕见的——这种坚定的"我不知道"，伴随着一种同样重要的伦理上的"我不知道"。即便不了解那些抽象概念的意义，也丝毫不妨碍他毫不迟疑地在他人受苦时提供帮助，在需要见证时为历史真相提供见证，以及反对斯大林主义和纳粹主义。他不可摧毁的"我不知道"，从来没有导致任何对无形世界的冷漠。恰普斯基跟那些从历史

---

① 曼·德·比朗（1776—1824），法国意识哲学家。

中撤退的神秘主义者毫无共同之处，比如那些信服印度教的贵族，他们在英国军队征服这个国家的时候，注视着一副棋子一动不动（我在一部叫作《棋手》的电影里看到过这一幕）。也许恰普斯基有过神秘主义者的深刻，但这个神秘主义者不会退缩，也绝不会产生永久隐退的决定。在需要的时候，他寻找过失踪（被谋杀）的波兰军官。他在一九四九年的大卫·鲁塞审判中出庭作证——指证苏联集中营的现实，而面对巴黎一些狂热的某种主义分子，他们窃议他是戈培尔的代理人。他的"我不知道"跟显而易见的事物、不公正、痛苦和政治搪塞无涉。但是在一个无止境的辩论的领域，在思想和哲学结论的范畴里，他保持了一个孩子永恒的自由。而且，保持了一种孩子似的幽默感；他身不由己地关心受苦受难的人与事，但他也热爱放声大笑。一种宗教性的气质并不杀死幽默感——正相反，它形塑、发展它。

他有很多朋友，他们无保留地钦佩、爱戴他，直到最后。虽然在本质上，他是一个孤独的人。他是我的朋友和大师。

我的"不知道"的大师。而除了思想，什么是"不知道"呢？

开始回忆

开始回忆！当一个我们认识和崇敬的人还活着时——即便他生活在远处，回忆仍然是平和、懒散、点彩画似的。记忆并不寻求一个综合、统一的版本。它平静地从一地漂移到另一地，它像小孩子玩跳房子游戏一样，从一段插曲跳向另一段。我们说：你还记得去莫城①的旅行吗？你还记得在柏林的圣诞之夜，兹比格涅夫用男低音唱着圣诞颂歌吗？你还记得去圣路易斯医院探望他的情形吗？你还记得他那时给你带来的花束吗？

在这个人死后，一切就都改变了。记忆变得冷静并专心于它的工作。此时它的目标是综合。它渴望抓住、综合它能唤起的所有片段和碎片，与它们激起的思想一起，合成一幅肖像。在失去朋友之后最初的几周和几个月里，它们重复着：还是太快了，我还没有明白，让我们再等一等。然而，逝世周年纪念就要到了。时间游走像一个奥林匹克比赛的自由泳选手，忽然间你意识到必须抓紧，忽然间似乎没有什么事情比它更为迫切。同时，一切似乎都在表明，我们手上处理的是一个未完成的计划，一个回忆的过程，透过它也不能到达它的结论。当然，你可以写下一些忆起的事情，一直写到"最后"，然后将文章发给出版者——却在几天之后就意识到，你忘了什么，漏掉了什么。通常却是最重要的事！如此等等。

事实是我们至少有两种记忆。一种是聪明的、有教养的，另一种

---

① 在巴黎东部。

不只是急于综合；这是提出大的轮廓、理性命题、生动色彩的记忆。但是还有一个谦卑的姐妹，小小快照的、简单印象的记忆，在飞速消失的瞬间，如一部用途单一的照相机产生回忆的原子，它们不仅适于放大和标准化，甚至还骄傲于它们绝对特殊的性质。正是这种记忆——小小的、快速的、敏锐的记忆——拒绝死亡，不同意完全改变它的机制，将所有的回忆集中归档。由于这一点，它也就能够保持更多的生命力，在闪现的瞬间保持着更多新鲜度。它不断地重复着：回忆、回忆、回忆……而在每一个"回忆"后，都会从它巨大的库存里滑出另一个回忆并被点亮。虽然要求这发生在一个具体的时刻，具体的一天是没用的。这种记忆就像一个图书馆的管理员，反复无常，认为她的薪金低得可耻，所以从档案里仅仅取出那些打动她心灵的照片，报复无辜的申请者。

每个强大的人格身上隐藏的神秘，并不因为那个背负神秘的人不再活在世上，就会向我们敞开。我们在离世的那个人的一生之中看到他的伟大。我们也看到他的弱点但不敢把它们与他的美德联系起来，或者也许我们并不曾知道。现在，当传记的圆括号包含进第二个不可替代的日期后，我们努力去理解其全部。

他是一个伟大的诗人！可惜贡布罗维奇破坏了这一简单措辞词组固有的味道，他本是一个高贵地表达崇敬的简洁说明。他是一个伟大的诗人，正如我们在谈论任何"伟大"时一样，"分析"不能给这一简洁的表达式增加任何东西（对于最糟糕的书写狂，我们倒可以写文章，细致分析）。强烈的感情，智力的乐趣，对向我们讲话的声音罕见音色的感觉——只有这些可以增加。

批评家一直在从赫贝特通常完美无瑕的书和随笔作品里寻找理解他的诗歌作品的指导原则：新古典主义、逃离乌托邦、忠实的诗人，受难的声音。他的作品奇异地抗拒调查性研究；它尤其抗拒试图揭示其中单独一个中心意图的努力。也许某些诗的想象的确依赖一个不能分开的原则，而另有一些作品却建立在多重性、关系、复杂性之上。

在我看来，赫贝特诗的世界属于第二个家族——尽管悖论的是，一个同样强烈的声音清晰可辨，始终贯穿。

在赫贝特的诗里，我听到反讽、幽默、和很少回顾二十世纪文学的人文主义者的平静沉思——但其中也有绝望和哀伤。严肃地说，他是一个现代诗人——我在"欧洲的现代主义"这个意义上使用"现代"这个词——但他的作品渗透着对于波兰与欧洲传统的爱，渗透着爱与博识。

这里存在一些分歧点；即便在他成为一个著名诗人，作品被翻译成多种语言，在整个欧洲以及欧洲之外找到读者和崇拜者之后，也有一些尾随而至的小话。但是，关于赫贝特在世界文学里、在世界的眼里，究竟是怎样的呢？你记得早期人民共和国制作的那些新闻纪录片吗（我的记忆在问我）？以苏联风格拍摄，极力想要看起来有着良好的教养：戴礼帽穿西服的绅士（同志），装作正要工作，一支铲子在手，指甲修剪整洁。苹果树盛开（春天是新当上统治阶级的主人翁偏爱的季节），花环装饰的大卡车开向农村，一个看不见的唱诗班在歌唱；似乎地球本身都在歌唱。"活力，天使学，距离。"正如康·伊·加乌琴斯基①所指出。活力——巨大！距离——无限，特别是当你朝东方凝望的时候。新闻纪录片暗示出某种主义世界，公正而美好，从来不知道歇息。甚至作家们面对乐观的读者猛塞过来的书，也要以最快的速度签名。

而诗人兹比格涅夫·赫贝特就是在此番景象里存在了十年（因为一九五六年后确实发生了一些改变）。读一读那个时期杰出艺术家的传记就会知道，他们不再随时随地——在一个小城或者首都，在一个富豪或者侍从的家里受到警告了。似乎那巨大的人口机器忙于不停产生我们普通、不是特别不切实际的人类，偶尔出点故障，发出"啊

---

① 康·伊·加乌琴斯基（1905—1953），波兰著名诗人，主要作品有《世界末日》《人民的娱乐》（1934）以及微型讽刺剧《绿色的鹅》。

噢"的叫声，它被带到了这个世界上，其中还有某人身上闪耀着不同的光。当我想到赫贝特也曾被投进一部苏联风格的新闻纪录片时，我就会体验到一种类似哲学战栗的东西——那像他那样一个始终如一、耐心、平静、忠实、本质诚实的人，怎么可能存在于那样一个历史的残酷快车上？

我可以谈论赫贝特的写作和生平吗？在我们后结构主义的时代，认为我们不应谈到生平。但是，诱惑是巨大的。胆小、紧张的作家和作曲家确实只存在于他们的作品里——比如，迪米特里·肖斯塔利维奇，有人那么写到过他，说他属于不显眼之列，出现在一个房间里，完全不被人注意。兹比格涅夫·赫贝特无疑属于一个不同的人类家族，他是那能够辐射特殊魅力的幸运者之一。有幸跟他一起共处过的人，应该试着描述一下这种魅力——但这是一项不可能完成的工作！随身带上照相机和录音机更好。

在他早年，我不可能知道他；但是我有时会尽力想象五十年代中期他在华沙的情形。我听过一些关于他的轶事和回忆。我知道他是后来的事，但是虽然晚了很多，仍然有可能重构他的青年时期。这是因为他与大多数人变老的方式很不一样，多数人身上总是发生一些不可逆的变化，于是他们仿佛成了此前的自我的影子。赫贝特的改变完全不同。时间和疾病导致他的自我更少地浮现，在困难的日子里，它沉默了，好像消失了，不料却又毫发无损再现，仿佛被他藏在包装之下。所以这就像年轻、快乐、睿智的赫贝特并未彻底消失一样。你更少见到他，但他存在着，他在最后出现了，虽然只是很短暂的时间。即便是在哀悼国家军的失败、国家失去独立、许多朋友的悲剧性死亡时，年轻的赫贝特仍然不顾一切地爱开玩笑，他使朋友们不停发笑，带来快乐。我听说，有一次，他穿得好像吉卜赛人，突然出现在一大群人中间。即使是八十年代后期，在巴黎，他已病得很重，十分虚弱，他还是设法逗笑我们。比如，在从软沙发上站起时，为他笨拙的起身动作，他请求我们原谅，"就像一架苏式运输机，而不是波音飞机"。

巨大的诗才会造成两种矛盾的现象。一方面，它显示出对时代生活的强烈介入，深深地投入其中，全心地体验其现状。另一方面，它又导致某种疏远、距离和缺席。这是一种不断接近与距离的相互作用和影响。这种有规律的反复，在赫贝特自己身上的表现就是靠近与后退的举动。诗歌就其性质来说，并不是时代完全忠实的女儿；不忠，因为她需要一个只有她自己知道的隐匿处，可以被她一直作为避难所。赫贝特的玩笑也许有其愉悦的源头，我们可从诗的超越性的概念中找到它。即使是一些小小的超越性也能激发我们的幽默感。

兹比格涅夫·赫贝特个子不大。他常常是一副善良、快乐的神情，而且很多年都一直保持着年轻人的体格；容貌也有年轻人的特征。

他在《科吉多先生的特使》里说的，并不是指他，而是指他的主人公——

> 要提防过分的骄傲
> 时不时看一看镜子里你傻瓜似的脸
> 反复说：我被召——就没有比我更好的人吗①

我以最大可能的谨慎对待这些摘取自一首杰作里的句子（注意：这个小丑或者弄臣的主题在科吉多组诗里出现了多次）。我不是什么相士，也不是某个马克斯·彼卡德②，他是那本美妙的书《沉默的世界》的作者，这本书是关于人类的脸部的书，我的美国学生给我这本书，但并不特别想要我同意其中的观点。而赫贝特的脸——在《科吉

---

① 此诗由切斯瓦夫·米沃什与博格丹娜·卡彭特译成英语。
② 马克斯·彼卡德（1888—1965），瑞士作家。他的《沉默的世界》已出中文版。

多先生的特使》一诗中——并不是问题的关键。我们知道，从诗本身看，《题词》一诗的作者急于回到小丑、丑角、弄臣、桑丘·潘沙的主题。

赫贝特的脸不是一个悲剧诗人的脸，不论我们怎么理解这个词。他的脸有点像法国人说的"淘气鬼"。他的眼神里有种恶作剧似的东西，好像——只要他身体状态良好——随时等着机会开个玩笑。甚至在病情开始严重起来后，他的神情也没有完全失去"淘气鬼"的品质。我不禁猜想，在这张脸和他的精神之间，存在某种微妙、非常神秘的联系。

他还有一首有趣的诗，题为《科吉多先生看着他镜中的脸》，结尾是："我就是这样输掉了我跟我的脸之间的比赛。"

《第七个天使》是首优美的诗，从中我们知道了一个小天使，谢姆克尔，他引入了一个在赫贝特的诗中经常遇到的主题，即"次等"、"平凡"的主题。虽然在谢姆克尔这里，要点在于他的善良，他的善良与更得体的天使的高贵彼此对照。

> 是黑色而且紧张的
> 并多次被罚款
> 因为他非法输入罪人①

《第七个天使》是赫贝特具有喜剧性风格的作品中一首；这些诗作经常性将崇高、高贵与人类的不完美并置。

同时，赫贝特的声音，一种令人惊讶的强度，深刻、强烈、优美的声音，调节得非常得体，是一种悲剧诗人的声音——但从另一个方面说，又全然不做作、不夸张。赫贝特的天赋，具有这种双重性，既有喜剧的又是悲剧的特性，或者更准确地说，悲喜剧的特性，就是这

---

① 此诗由切斯瓦夫·米沃什译成英语。

样铭刻在他这个人身上，铭刻在他的体质上！他像一个年轻人一样纤弱，但就是在那样的时候，他也有——或者说"身负"——同样非凡、庄严的声音。我在格利维策上高中时第一次听到他说话。此后我多次，特别是在诗歌朗诵会上，听到他精彩的朗读，充满力量，满怀坚定。他声音的力量——仿佛——来自于他的精神，而非他的身体。但在我们最后一次见他时，他临终前两个月，问候我们的，不再是那个充满生气的声音（实际上完全消失了，尽管他的妻子和朋友对我们说，情况好了很多，比一两个星期前好多了）。

见到赫贝特时，我十七岁。他像年轻的朱庇特来到我们偏远地区的学校，我在格利维策的高中，这第一次会面自然在很多年后都是一件大事，一个传奇故事。它更加激起我对赫贝特作品的兴趣。从那时起，我买回他所有的诗集，接下来是他所有的出版物。我书架上曾经有——现在仍然有——《花园里的野蛮人》，上面有着作者的题词："给我的同行亚·扎，感谢参与讨论会，兹·赫，一九六三年四月二十五日。""同行"一词是个善意的玩笑，一个对于未来慷慨的预言，在许多年里注定只是预言。在那时，这是我所拥有的书中，唯一一本上面有着作家题词的书，如果不算伊日科夫斯基的那一册《女巫》，那是我在父母的图书馆里发现的，上有伊日科夫斯基给某人的题词，但那人的名字跟我毫无关系。

我也还记得在格利维策我们的一个熟人，K 太太——我们一定还记得，格利维策那时是一个利沃夫的殖民地，就像生活在小亚细亚的希腊人很长时间地谈起雅典一样，格利维策的居民大多时间都在讨论利沃夫，虽然它不再以战前的形式存在——K 太太对我说："哦，兹比格涅夫，他现在很有名吗？我清楚地记得，我在我父亲的晚会上跟他玩过，当然，那是在战前。我们小孩子玩，大人们坐在桌子边。"

这对于我是一个启示。那个 K 太太，由于做的糕点出色，她在朋友们中间非常出名，倒不是因为她认识大诗人兹比格涅夫——我要补充一点，她同时也是一个业余的作曲家，偶尔会将一些作品寄给欧洲的王室和主教——这时她就很可能会亲密地提起"兹比格涅夫",这意味着在那时她完全是一个不同的人,至少对于我来说是如此。这也意味着——这点更有意义——兹比格涅夫·赫贝特,跟我父母社交圈子里的人一样,属于那被从利沃夫剥夺了一切的人的行列,因为失去那非凡的城市,伤心至极。因此,他就属于我专门研究的人群中之一员。就像一名观察巴西印第安人风俗的人类学者,我也属于他们那一群(一个发现印第安人的人类学者,在某种意义上也是一个印第安人)。差异在于——流放者的命运。我可以进行第一手的观察,他们在格利维策,已经过上一种不再迁徙的生活(已经选择或者只是成为了机遇和偶然的牺牲品),而赫贝特只是一个旅行者。他的"无家可归"是主动而焦急的,他沉重地拖着它,就像一根粗大的树枝,从一个城市到另一个城市,从托伦到格但斯克,从华沙到克拉科夫,后来,在一九五六年后,当边境打开一点点时,他就又开始迁徙,从巴黎到意大利,从洛杉矶到柏林。我是说如果真的存在这么多差异的话。"非真实"也可以是静态的或动态的。再无其他。原则上他也许生活在我的非真实的小城,在格利维策,在其他移民中间,穿着黑蓝色的外衣和白衬衣。他也可能去参加过 K 太太的生日晚会,以他非凡的声音,称赞过她的糕点。

后来,很久以后,我从他本人那里知道,他已在位于莱恰科夫的圣安东尼教堂受洗;我知道那也是我们的教区教堂!但是,作为一个流亡者,他是多么谨慎。他从不在诗里直接说"利沃夫"的名字,他只是说那个"城市",仿佛这名字本身太痛苦了,就好像所有别的城市——他知道那么多——都在要求有个名字,唯有这一个城市没有名字,也能对付得很好。

在我更多地了解他后,我意识到,他其实并不完全符合"来自利沃夫的流亡者"这一归类,而这并非只是因为他是一个"著名诗人",如 K 太太说过的。在情况好些的那些年,在比较顺利,甚或只是在可忍受的环境下工作时,他的确成为一个"安定"的人,虽然仍然怀着他的"无家可归感"。这时，他活在他的工作、写作、思考中——也生活在艺术史之中。这是另一种"双重性"；诗歌当然是他的主要志业，在每天的实践中，与绘画的力量结合在一起。他热爱拥有许多大博物馆和美术馆的城市（所以他在格利维策不可能快乐）！他带着自己的写生簿，穿过那些城市，不是三十分钟或者一个小时，像普通的、心神游离的游客那样，而是一待半天，甚至一整天；他流连在一幅画、一尊雕塑前，画下他所看到的。这个时间对于他的写作也有着巨大的意义，因为这是细致观察的时间。这样的观察，得助于他的写生簿，因此也不是一种被动的印象接纳，而成为工作、苦活、行动。

我最近看到一个在六十年代末期（我猜想是一九六九年）拍摄于柏林的资料片，赫贝特的健康状态最为良好，仍然年轻和快乐。电影开始是一系列朗诵会的场景，在柏林昆斯特学院举行的诗歌朗诵会（他的德语译者卡尔·戴得尤斯坐在他旁边）。赫贝特朗诵他的诗作并机智地回答问题。比如，当有人引用布莱希特著名的诗"在这可怕的年代我们能够写下关于树林的诗吗？"来提问时，他以一个反问做答："如果树感到不幸福，那又怎么样呢？"接着，电影里他出现在家里，在工作间，一个简朴而装饰着一些艺术复制品的房间，然后是在达勒姆博物馆——手里拿着写生簿！——接下来，是穿越柏林一座树林的漫步。这部短片很好地显示了赫贝特工作的双重性质，诗歌与绘画的并存。赫贝特属于那类诗人——歌德是一个伟大的例子，还有英国的布莱克和我们自己的诺维德——他们撕扯于两种志业之间（或者，像布莱克这样的人，在两个领域内工作）。但是即便他永久地选择了诗歌，他也会继续需要绘画、写生簿、长时间进入美术馆，以及严肃地阅读艺术史。为什么？我认为其中一个动因是想建立一种坚固的工作空间的欲望；也许他害怕诗歌的变幻莫测。诗人常常带着嫉妒看待画家和雕塑家，他们的职业更具物质性，他们的工作室更具体。诗人以为画家和雕塑家有着更好的装备，对付可能遇到的困难日子，那些在工作上不能产生明显进步的日子,那些不能提供洞察力的日子。诗人们认为画家不工作的日子,起码可以干一些预备性的工作。此外,他们的写生簿,起到一个未来项目基金,一个观念仓库的作用;因此它具有一种稳定化的功能,并且给艺术家在接近艺术作品方面,提供有力的支持。诗人害怕诗歌上的那个原理,它是按照"要么就是一切,要么什么也不是"的原则运行的,这是狂喜的原理,在诗歌方面比在绘画方面也许更能被感觉到,它事实上排除了过渡、处于中间状态的时刻,这就像一个东方的君主统治者,要么是死一般睡着,要么是醒着而要求绝对的服从。诗人的笔记本,在干枯的时候什么也不能提供;就像撒哈拉沙漠里的一杯水。没有灵感的工作室有什么用?这正是诗人嫉妒画家的原因。他嫉妒画家所拥有的、在他看来是持久的东西、艺术家的工作室本身带来的安全保证,它们即使在忧郁的日子也不会消失。

但是它也跟"定居"有一些关系。跟绘画比起来,赫贝特更少被音乐吸引。(他曾经开玩笑地对我说过:"你知道,音乐总是一样的:开始总是欢快的,然后悲伤。然后又快乐起来,快板,行板,快板——太不出所料了!")这再一次可用"才能的性质"、他所拥有的天赋的类型来解释。但我认为,对于一个被逐出祖产,被剥夺了继承权、城市、小故乡、鄙视本国的政治制度的诗人,欧洲艺术在其伟大时代留下来的神奇遗产(它们散布在上百个博物馆,在意大利、希腊、法国的建筑与风景地随处可见)就不只是单纯的美学领域。它同时也有提供一个避难所、一个临时家园的可能性。锡耶纳,他年轻时漫游过的城市——它半是真实、可见的城市,小孩子骑在电动车上快速跑狭窄的街道,半是伟大的、遥远年代的淡淡的记忆——带给他一星期的快乐。荷兰艺术,资产阶级的(在这个词的高贵意义上)艺术,以它的"居住所"、房屋、头顶的房顶,深深迷住了他,它邀请他停留一会,在其中躲避一下。

音乐里却有某种短暂易逝的东西。你看不见它,它没有地址:你不能说出莫扎特的五重奏具体所在（最多，你知道它的手稿存放在哪里），也不知道斯特拉文斯基的《春之祭》、肖邦的前奏曲可以在哪里找到。然而，大教堂稳固地矗立在地面上，意大利王宫不会旅行（除非哪个疯狂的美国亿万富翁决定将其中一个拖到一个新的大陆），即使绘画，虽然比罗马式教堂更具移动性，总是可以知道放在何处。《穿貂皮的女士》在克拉科夫，《分娩时的圣母》① 在蒙特其镇②。修拉的《大碗岛星期天的下午》一直是在芝加哥艺术学院很长时间了，而对于它的爱慕者来说，芝加哥＝修拉，这是比 $2 \times 2 = 4$ 的平常公式更明显的事（在他们那里，真是 $2 \times 2 = 4$ 吗？）绘画品，特别是古老的作品，一旦进了一个博物馆，就很少易手。你会——一定会朝拜它们。你会想在其中生活一会儿，然后想念它们。

　　正是因为有这样想安顿在这些绘画和建筑物之中的深刻渴望，赫贝特关于法国、意大利和荷兰艺术的随笔文章，生前集结成了两本书，《花园里的野蛮人》和《带马嚼子的静物画》，它们是那么杰出（在他死后，一册题为《海上迷宫》的集子最近也出版了）。我能想象，伟大的学者——我们的确还有伟大的学者——不会从中获得太多，甚至可能不予理会。但是这些随笔浸透即使在最好的艺术史中也找不到的感觉、最高级的阐释。赫贝特关于艺术的随笔，具有明显的抒情的特征。在他这些随笔中，我们会发现那使他的诗歌增光溢彩的抒情性——抒情绝对是其诗歌不可分割的一部分，使其融合成为一个整体。在这些随笔中，抒情却承担了一个附加的功能；它带着亲切的情感，想要弄清，你是不是能在多德雷赫特、阿尔勒③、希腊住下来。

　　不必说，研究艺术史的激情，同时是他语言天赋的自然延续。他

---

① 皮耶罗·德拉·弗朗西斯卡的著名作品，属文艺复兴早期艺术珍品。
② 位于意大利托斯卡纳大区东部地区，靠近阿雷佐城。
③ 多德雷赫特，荷兰西南部港市；阿尔勒，在法国东南部，近罗纳河口。

在艺术方面广博的知识，建立在多年的时间之上，也是他更广阔的、普遍的文化的构成部分，这是他希望实现的他的梦想、他的乌托邦工程——虽然他没有直接说出来——他仿佛希望复活那些多才多艺的文艺复兴的艺术家。在我们的时代相当普遍、典型的诗歌专家、几乎只专门（而且并非不带嫉妒！）阅读同代诗人作品的诗歌白痴，他们一定跟他格格不入！他利用旅行去研究——研究而不只是观光——欧洲与美国伟大的博物馆，通过不同的语言阅读，任激情自由支配，满足他的好奇心。有一次，当我问他，不能写诗的时候他做些什么时，他回答说：多么奇怪的问题，我阅读，我研究，我学习！这美好的意愿，非常不幸，却常常受到疾病的威胁。这两股力量之间不断地拔河——一方面是学习、前进、迈向文艺复兴的广博知识和智力的愿望，另一方面是难言的疾病——成为赫贝特传记里持续几十年之久的背景。

艰难，非常艰难的生活，与诗的明亮的清晰；这对比是惊人的。但是赫贝特绝不会——比如，像威廉·斯泰伦①那样——写一本关于个人沮丧的作品。这样的选择既是个人化的，也是他所认同的文化传统的一部分。他理解的古典主义意味着：不要抱怨。这正是他优美的诗作《为什么经典》一诗的要点所在。在深深的绝望中，他写过另外一首优美的诗《我的大师》，其中，他惊叹意大利的哥特风格画家的节制。不，他不可能写作"美国风格"的作品，他不可能告知他的"问题"，仅与读者分享他的个人兴趣。尽管如此，他还是宽容地看待荷兰艺术家托伦提乌斯，他强调说明，任何主张将生活与艺术绝对统一的人，都是错误的。这是他在作品里不多的几次，透露个人生平与艺术性之间痛苦的联系。

要真正理解他，成为他的朋友，意味着投入到他跟疾病所进行的

---

① 威廉·斯泰伦（1925—2006），美国小说家，著有长篇小说《漫长的行程》《纳特·特那的自白》《苏菲的选择》等。

战争之中。从远处看，特别是从波兰人民共和国的角度看，赫贝特的生活也许是迷人的。他在华沙或科沙林的同行，他们很少旅行，甚至很少到过保加利亚或斯洛伐克，仅在作家协会的咖啡馆里打发漫长的时光，他们可能会认为赫贝特几乎就是中了头彩。加利福尼亚、巴黎、希腊、意大利、西柏林……现实却没有那么光鲜、美好。疾病不断地使他的计划搁浅。疾病和贫困，因为他很少有不为钱发愁的时候。生活在富裕的、西方的消费城市，他不断地遭遇财务窘迫的问题。他的妻子卡塔热娜，长期朝圣之旅上可贵的伴侣，对关于折磨诗人夫妇的两大怪物会有更深的体会。

但是——让我们暂时回到六十年代后期拍摄的那部电影——当然，也有过快乐的时候。我想，柏林给赫贝特提供了很好的工作条件（只要疾病被战胜）。西柏林那时是一个矛盾的城市，结合了大都市和偏远的绿色小城市的特点，几乎就是一个疗养胜地（贡布罗维奇也是这样看的）。柏林，就像一个没有郊区的小城市，围在一堵墙里，而那堵墙，从里面看，似乎没有从外面看那么可怕——有时，它使人想起万里长城，设计出来就是为了抵御外来的野蛮人入侵的。它看起来几乎就像美国大学的校园，达勒姆的博物馆殷勤好客、来人很少。在初期，通过卡尔·戴得尤斯的译文，人们在柏林开始欣赏赫贝特的诗作。在很长时期里，柏林都是赫贝特最喜欢的地方。我在前面说过，那部电影开头有一系列的场景，赫贝特在参观博物馆，写生簿拿在手上；而写生簿无疑最大限度地帮助他专心致志。专心致志是赫贝特诗歌的主要依靠。像一个画家那样，像一个诗人那样——去看，去发现，去快速地记录。

换一个不同的说法，一个今天不太流行的美学范畴，移情——移情作用，某个十九世纪的哲学家可能这么说——成为他艺术的基础性的东西：面向世界的柔情、对宇宙之中主要与次要的参与者心怀同情（"不要奇怪于你无法描述这个世界/我们只需温柔地说出事物的名字"——这是他的诗《从来没有说起过你》中的句子，这里的

"你",指利沃夫那个失去的王国)。

赫贝特的移情,在此之上,犹如在一个地基上,他建立起他对整个二十世纪荒谬历史的不认同,使人想到他诗歌的另一双重性。赫贝特的诗,就像置于柔软缎子里的手提箱,而手提箱里存放的是刑具。他早期的诗歌与散文诗有些男孩子气的东西,它们精致描述了那些无助的时刻。但是,不久就证明这种精致跟纤弱、妥协、对痛苦的掩饰毫无共同之处:它是诗,或诗的前奏。

在柏林,我能真正理解赫贝特,要算在拍摄那部文献片十年之后,久而久之,我有幸得到他的友谊。那时他在柏林有种宾至如归之感,我想,对于这个城市,他也可能开始感到一丝厌倦。赫贝特的诗在那里依然受到欢迎,但是我们应该记得,在七十年代后期与八十年代早期,西柏林是一座得了健忘症的城市。柏林的艺术家和作家总体说来,是敞怀拥抱激进的先锋派的轻浮姿态的,试图忘记柏林墙的耻辱。他们乐于将柏林想成纽约的前哨,想成一个被投射到满是裂痕的欧洲地图上的某种格林威治村。从英语(美式英语)里借来的词语——以及姿态似乎比他们本国的语言更有分量。赫贝特的诗歌艺术,因为建立在对这世界不懈的观察之上,它是反讽的,同时它对那些历史已被碾碎的人又是满怀柔情的,此时也不再受到欢迎了。声望也有其限度。

我记得有一次在赫贝特家里参加午宴;一个比我小几岁的年轻诗人、批评家P也受邀在场,而赫贝特甚至没有注意到我一次。他一直在跟P交谈,看着他,问他问题,朝他微笑,亲切地道别。对我的忽视不是偶然的。我知道我在受惩罚。为什么呢?为了我早年的宣言,一本题为《未被呈现的世界》的书?我不知道赫贝特是不是阅读过那整本书,也许他认为它是粗暴的,是对社会主义现实主义的回归。或者,在他头脑里只有其中论述他作品的两章。如果问题出在第二章,那么我受到的惩罚是不公正的。它是我的合作者朱利安·科恩豪塞尔①写的,抨击了他的作品,而我在别处为之作过辩护。

但是,或许我是因为别的什么受到惩罚。也许他反对我在七十年代所提的"文学一代"的概念,不认为我所写的一代人的文学宣言有太多的价值和意义,不认同我对于集体和一代人的信念,认为我在讨论具体、明显的事物,如一本书、一首诗、才能和观念时,使用了模糊的原则。最糟的是,我想,我的宣言有着一种我们时代最典型的粗俗,以为我们这一代,一定就比上一代的那些人更优秀。如果是因为这一点,我受到惩罚则是公正的——而且是太温和了。

对我来说,赎罪性的午宴之后,是和解;我们之间的友谊慢慢建立起来,这友谊总是以我对他的崇敬为标志。后来,在巴黎,我们的友谊发展得更为亲密。我理解,我早年的冒犯已经被原谅,兹比格涅夫给我一条漂亮的领带,然后是第二条、第三条。我一有机会就系上一条。领带丝绸质地的优雅(兹比格涅夫只认丝绸领带,这是在那时候的东欧商店里买不到的)是古典式友谊很好的隐喻。赫贝特即使是在送出礼物的时候,也不忘对我们这个世界的反常状态、对形式的衰败,表达他的抗议。

有两年,在柏林我们经常见面,通常是在萨茨基夫妇"好客的家里"——正如一些传记指出过的——那里是波兰知识侨民常常聚会的地方。维托尔德·维尔普萨也曾经常在此逗留,同时,还有接受柏林写作资助的波兰作家:卡兹米厄·布兰迪斯、维克多·沃若切尔斯基、雅塞克·波钦斯基。

赫贝特在巴黎的逗留构成了单独、远非愉快的一章。赫贝特夫妇在一九八六年的冬天抵达巴黎。从某种意义上说,这次访问是不可避免的。如果你看看诗人的传记,就会发现,他总是——也不总是,只是从一九五六年"解冻"之后——要在西方度过几年,再回到华沙,然后接受一个或另一个邀请,又离开。他不能,他不想永久待在铁幕

---

① 朱利安·科恩豪塞尔(1946—),波兰著名诗人、小说家。

的这一边或那一边。我厌恶华沙那种小规模的极权主义的粗俗和丑陋。我也认为,他是抵抗那些不同的公众意见不断增加的压力,它们迫使他戴上"民族诗人"的面具。在柏林、在锡耶纳、在帕多瓦,他都是孤独的、自由的艺术家,他可以回到他最喜欢的职业、他喜欢的绘画、他的速写簿,长时间地待在博物馆或当地的教堂里。最后,他却开始想念波兰。西方左翼知识分子,他们不愿或者不能理解中欧的悲剧,让他心烦。孤独使他痛苦,疾病使他备受折磨。

他在巴黎过了几年(他在那里庆祝了六十五岁生日,我记得当时带领着切斯瓦夫·米沃什,在贝尔维尔区艾伯通道走向公寓的时候,他给了赫贝特一个热烈的拥抱)。赫贝特夫妇在巴黎的逗留并不如意。原因是多方面的,但主要是因为折磨诗人的疾病越来越麻烦。但是,也由于赫贝特的诗在法国几乎无人知晓;仅在逗留巴黎的最后期间,法亚尔出版社出版了一本翻译本。它只得到一篇评论;法国诗人,认同的是一种完全不同的审美观念,不能真正欣赏这些诗作。他的物质处境陷入困难。年老的诗人,在自己的国家是那么著名,在美国、德国、瑞典、意大利都受到尊崇,在巴黎却生活得极为简朴,几乎不被人知。偶尔——很少——他同意给在巴黎的波兰听众、巴黎波兰人,做一次诗歌朗诵,成群的爱国者就会出现,但是情况跟平常生活很不一样。在某种意义上,八十年代后期,赫贝特在巴黎的孤独,是现代世界里诗歌处境的一个象征。几乎任何一个靠分析诗歌为职业的助教,也比诗人生活得好;任何一个轻松职业的官员也是;任何一个有点谋生手段、有点退休金可以指望的警察也是。赫贝特有次开玩笑地对我说:"你知道,我注意到,无论是何种货币,他们总是付给我一千。"

在被延期了的巴黎隐居期间,被绝望和疾病驱使,赫贝特一度决定要起诉他所有的出版商。依我回忆,他甚至延请了在香榭丽舍大街拥有办公室的律师。他要控告他们造假、侵占。但他真实的抱怨是,他生活在贫困之中。他,一个诗人,工作勤奋、认真,具有特殊的天赋，一个老人不过渴望稳定的生活。他的作品已经被翻译成了几十种语言，最好的出版社竞相要出版他的书。每本新书通常都能得到高度的评价（他在法国的处境——他在这里得到的，如我提到的，却只有一篇评论——这是异常的）。他已经是无可争议的大师，他受到尊敬，被认为是欧洲最伟大的诗人之一。他是一个大师，而他实际上生活得几乎一贫如洗。

我不必增加说，诉讼绝没有成功提起；怎么可能呢？幸好没有，因为那真可能毁了他，给他一个"最好别与他打交道"的名声。他的朋友都尽可能委婉地，劝阻他因绝望采取进一步的行动（他们的建议非常重要）。我也小心地反对过采取这些措施；但是，在另外一个象征性的标准上，我倾向于赫贝特。他处在有理的一边，但是，如果他的诉讼请求真被提到某个可能的法庭，那可能是一个需要长久等待、长期渴望的审判：诗歌对世界。这样的审判也许不涉及金钱，而是关乎精神生活的价值，反对以最平庸、贫乏的形式出现的实际生活。从象征性的意义来说，我认为赫贝特是对的；关于赫贝特在巴黎的孤绝状态，存在一些流言蜚语。大诗人在巴黎的贝尔维尔过着单调的生活，平庸之才却滋润异常，这其中有着太过荒谬的东西。当然，出版商不应受到责备。如果赫贝特糊弄出几本叫作《通向幸福的十四个步骤》的书，如果他写作半色情的小说或肤浅的侦探故事，他可能一直生活在带花园的郊区别墅里，就像那些自鸣得意、被日光浴晒黑的畅销书作者，他们精明的脸孔是那么频繁地出现在我们的电视上。

读者可能不得不被推上审判席；稿费体现了他们民主选择的倾向，不过，这次投票箱设在书店。所以这可能只是一场针对懒惰读者的审判，而且很可能难以赢得官司。在飞机上或高速列车上，在巴黎的地铁里，一些聪明的面孔却读着封面光鲜、内容愚蠢的书，这是多么常见啊！我们应该起诉他们？逮捕他们？

就像历史上某些时候的另几个大诗人一样，赫贝特站在恶与美之前——魔鬼与神圣，两个谜语，没有什么将它们联系在一起，二者在一起时并无顺序，但是，如果它们被单独地思考时，同样不提供启示。然而，某种力量，要求我们将它们放在一起——不是为了比较，不是为了我们自己的娱乐，甚至也不是为了分类的目的。我们将它们放在一起，为了再次发现它们是多么不同，它们是如何矛盾地处在我们时代的磁场的两极。然而，直接面对这不怀好意的斯芬克斯之谜时，赫贝特开口讲话了，声音那么纯粹、清亮，清亮如他最有名的一首诗里石子的反光。

你还记得吗——我的记忆提醒着我——在巴黎肖蒙山丘公园的漫步？你还记得几年前波拉尼卡的诗歌节吗？你还记得七十年代在克拉科夫、在克鲁普尼察大街的诗歌朗诵会吗？我记得，我将试着好好地、仔细地记着，因为我知道，久而久之，记忆的起点，也就是遗忘的开始。

理性与玫瑰

一个奥运短跑选手,为满体育馆狂热的爱好者所鼓舞,冲过百米跑道。在起跑线上时,他倾身向前,几乎触及赛道,注视远处的地平线;在比赛中途他挺直身体,挺如勃朗峰,然后,当他接近终点线时,他弯曲脊背,不只由于力竭,也是为了向宇宙隐秘的均衡致敬。切斯瓦夫·米沃什诗歌的步伐也是如此。在早年,他深情的低语述说着世界的秘密和大火;在成熟期,他观察、赞美、批评现实的世界,历史和自然的世界;进入生命的晚期,他越来越多地忠实于记忆的要求,无论个人还是超个人的记忆。

不,他当然不是一个短跑选手。他是一个年逾九十的诗人,一名卓越的马拉松选手,而且毫无疲惫之态——他的新作《此》,应是他最伟大的成就之一。而体育馆常常痛苦地空无一人,或者充满心怀敌意与嘲讽的观众;运动员只有独享其孤独。在这个关于运动的隐喻中,那三种姿势的比喻可以保留,三个使我们接近大地的必要角度,会为我们真实地描绘出诗人的演变。

据说,司汤达认为文学是选择的艺术,因为它筛选掉多余的部分。魏德凯①说过类似的话——毫无疑问许多其他作家也说过,特别是现代主义者。而切斯瓦夫·米沃什的工作似乎建立在与此对立的原则上:什么也不剔除!但不是在技术的意义上这样说(显然,诗歌无法不进行选择、省略),也不是就其广泛的"诗学政治"而言。你只

---

① 魏德凯(1864—1918),德国戏剧家。

需读读他的自传性作品《本乡本土》（一九五八），《被禁锢的头脑》（一九五三），或一定数量的诗作。在《本乡本土》中，我们发现历史，甚至自然经济的部分，切斯瓦夫·米沃什似乎在说，我会向你表明，诗也可以由非诗构成，诗的心灵力量可以通过从世界上摄入尽可能多的事物来推动，而不是退入内心让我们感觉亲密的危险区域。不是从这世界上飞离，不是陷于可耻的"逃避主义"（这也是党的评论家所以热衷的一个指摘），而是进行巨大的净化：这就是米沃什的方案，当然它不是一个临床的无菌净化，也不是纯客观或模拟性的净化。它是个人化的，在一定意义上是伦理的，甚至一定程度上是治疗性的净化，因为诗的目标就是为了最终理解难以理解的事物，我想称之为"人道主义的行动"——如果这个词没有在大学的演讲堂因轻浮的过度使用而败坏的话。

更具体地说，米沃什的目标不是要忽略对立。才能较小的人，蜗牛般倾向于在一间棚屋或空壳中寻求避难所，以此逃避逆面而来的风，逃避相反的观点，创造小小的缩影。然而，作为诗人和思想家，米沃什选择勇敢地投入战场，测试自己应对敌人的能力，似乎他要告诉自己，我要吸收这个年代的一切，以图活下去。不过，在通常情况下，他的那些敌人都会不请自来地对付他。假如那个在维尔诺大学学习过的学生能够想象，他将被迫面临多少需要理解、判断和克服的障碍，会有多少次发现自己离死亡、沉默、绝望只是一步之遥，他会怎样……

他是一个具有非凡智慧和狂喜的诗人。没有这两样，他的诗不会存下来。不具智慧，它会消亡于与一个又一个对手的对决中（因为二十世纪的怪物，从来不缺乏辩证的能力，他们甚至以此为傲）。没有狂喜，它也不能达到其独特的高度，只会止于出色的新闻报道。他自称是一个狂喜的悲观主义者，而我们也会在他那里，无意中发现无数至福的小岛，一如柏格森所说，它们暗示出一种内在真理的迹象。

与贝克特这样一位卓越、机智，同时也十分悲哀的作家生于同一时代，米沃什捍卫了我们的经验之中宗教的维度，捍卫了我们通向无限的权利。尼采发出的电报告知了欧洲人上帝死亡的消息，当然也送达了米沃什，但他拒绝签下收据，并让信使打包走人。

我不能确信米沃什真的是——正如他自己经常声称——一个摩尼教徒。不过，在他的诗中，我的确看到了思想与形象、争辩与狂喜、加州的自然与二十世纪的思想、观察与信念的表白之间存在的异常而令人鼓舞的密切联系。

米沃什也是一个伟大的政治诗人：他所写的关于犹太人灭绝的诗将会存在下去，不只是出现在供学生学习的选集之中。在斯大林主义统治的最糟糕的年月，学生们像经院哲学学者一样阅读他的《道德论》（一九四八）。在一九六八年的反犹运动（这是波兰新闻界和波兰知识分子的耻辱）中，他没有沉默。米沃什纯粹的文字曾经是、现在仍然是波兰读者的福惠，其时他们已被斯大林主义的粗鲁耗尽元气，被共产主义的煎熬和人民民主的粗鄙掏空。但米沃什的政治影响的深远的意义，可能无处不在，西蒙娜·薇依伟大的脚步则紧随其后。他树立起一个思想的楷模，这思想在形而上学的热情，与作为一个简单之人面对困境的反应之间建立起联系。在一个宗教思想家和作家总是被贫乏地视为右翼（例如艾略特），而社会活动家一定被视为无神论者的世纪里，米沃什的楷模形象具有巨大的意义，并在未来将继续作用于我们。

在六十年代后期，当我还是一名在克拉科夫读书的学生时，米沃什的著作——一个在百科全书里被简略地界定为"人民波兰之敌"的流亡诗人的作品——是被禁止的。然而，采取各种各样的手段，还是能接近某些书架，上面贴有特殊标记（"保留"字样的委婉缩写）。当我阅读时，击中我的是其中存在的某种拒绝标签的东西（即使是结构主义者，那时还是那样具有影响力，也无法与之相比）：其智力的广阔，气势的恢宏。米沃什，一如卡瓦菲斯或奥登，属于那样一种血统的诗人，其作品散发的气味，不是出于玫瑰，而是出于理性。米沃什在中世纪的方式上，甚至"托马斯主义"的意义上（当然，从隐喻的意义上说）理解"理性""理智"。也就是说，他理解"理性"，其方式先于分裂之前，这种分裂以理性主义者为一方，另一方则占据了属于艺术家的想象和智慧，常常避难于非理性之中——这是可能的吗？——这不一直就是米沃什，作为一名与其他乌托邦主义者不懈战斗的作家抱负其伟大的乌托邦目标之一吗？虽然他很少被视为一个古典的保守派，悲叹我们这个时代文化的衰落，哀悼两种智力形式的分离。总的来说，他一直很忙，忙于致力于它们二者的复合。在他题为"我从让娜·赫什学到了什么"（收入《此》）的小型论文中，我们读到如下的戒律："理性乃上帝所赐，我们应该相信它理解世界的能力。"显然，这里所说的理性，和今天的哲学家们使用的小心的观念，少有共同之处。

在同一首诗里，米沃什还说："对于存在，适当的态度是尊重，因此我们必须远离那些惯以嘲讽贬低存在而赞美虚无的人。"任何人都不应错过切斯瓦夫·米沃什书籍的陪伴。

反对诗歌

一

写诗的人时常发现,自己在主业之外,往往还要忙于为诗进行辩护。

对于这样的人士,除了应有的尊敬(我自己就进行过这样的尝试),我想提出下面的问题:这些微妙的,有时是令人振奋的论文,是否无意地损坏了,而不是加强了诗歌?甚至伟大的诗人——比如雪莱——也曾在为诗歌辩护方面一试身手。他们是否纯粹在以虔诚的修辞,把宝贵的时间浪费在无效的练习上?因为你从一个诗人那里期望获得的,除了为诗辩护,还能是什么?我们真的能够为自己的手艺进行严肃的辩护么?一个手艺人捍卫自己的领地——还有什么比这更显而易见的?维托尔德·贡布罗维奇——散文作家,并非诗人——在他的一篇随笔文章《反对诗歌》中,却说出了某些更富原创性的东西,至少是在跟加入论争的切斯瓦夫·米沃什交换观点时,提出了一种富有挑战性的意见。但是,贡布罗维奇在反对诗歌上提出的主要指控,是它过分的"甜蜜性",诗歌里过量的糖分;他并未全然把诗歌扔出去。

反对诗歌的主要指控是什么?让我们从最简单的例子——那些绝

对简单幼稚的诗歌说起，它们由某些地方业余作者、退休的邮政职员、厌倦于装饰迷人的小屋的文雅女士写作。不言而喻，这些诗歌赞美日出、初雪、五月的美丽、雏菊、松鼠和桦树。戈特弗里德·贝恩不能忍受它们，并嘲笑说它们就像春天，每年三四月份就要在文化期刊上卷土重来。它们有什么错？没有什么错——但是，它们没完没了的天真常常激起一种原始的、也不是毫无根据的嫌恶。承认那些负面、不祥事物的能力是不可缺少的。这些关于雏菊的诗歌很少考虑世界的负面——正是这一点，导致它们过于幼稚。这也许只是一种次要的反对。如果爱达荷州某个诗人要写写鲜花，有什么问题呢？让我们承认，这种天真的诗歌也有某些迷人的东西吧，我不是说业余诗歌现象有多么迷人。当然，它们足够无害，即便它们对我们理解世界并无帮助（据说牛顿曾经把诗歌说成"不老实的废话"）。

即便那业已退休的，忙于写作他那些肤浅诗句的邮政职员，也不总是处于持续的狂喜状态。他也许是一个禀性快乐的人，但他也会遭遇恐惧、焦虑，或者绝望的时刻。他可以在他的作品里表达它们吗？不仅如此：可能的情形是，这个邮政职员并不是他的诗歌读者认为的那么和蔼可亲。当我们谈论文学这个巨人的时候，我们往往已有现成的答案：作品弥补了作者的性格缺陷（"他写得很好"）。但是，同样的事情，适用于我们的小诗人吗？而另外一个问题，也许在考虑大艺术家时不会被提出来：为什么这位先生在他的诗歌中没有把他的弱点、不怎么迷人的特点包括进来？这是否只是因为他适用那个普遍生活的准则，即坚持认为我们只应展示或传递我们良好的一面，而把我们的缺点和不幸严密看管起来？如果是这样，问题就不算什么。然而，事情看起来更严重，如果这个缺点存在于诗质之中，就是说，它既欢迎狂喜，却又拒绝任何负面的东西，它就不是自由的，换句话说，它就是伪善的。

二

　　如果是这样，诗歌应被归咎只表达了我们很小一部分的精神能量；诗歌，正如我们记得的，是由头脑的某种特别而美妙的状态带来的，这种状态被称为灵感。人类并不需要灵感，不需要诗人和小说家的灵感相伴，也不需要音乐家、画家的灵感，更不必说某些学者和教士，以及那些在写（写过）极好长篇书信的人，因为它伴随着精神欢快，极乐（而它确是真的）。我们需要诗歌，首先是因为它能使我们超越于经验主义的环境之网，后者构成我们日常生活的狭小天地和限制。诗歌将将我们提升到日常之上，使我们得以专注而热情地审视我们的世界。它并不能将我们从经验主义的限制之中完全解放；诗人不能飞升到空中，他们并没有被赋予外交豁免权，也不能免于疾病。如我们所知，没有什么能使曼德尔斯塔姆，这位二十世纪最富灵感的诗人免于流放和死在集中营的牢房里。尽管如此，在美学甚至在哲学的意义上，灵感似乎的确给它的获得者提供某种跳跃、向内飞升的可能性。有时——最经常的——这种飞升，通过创造性作品得到体现，赋予它完美的形式和更大的智性力量。有时，它似乎将自己传达给读者，在这种情形下，就像火炬从一只手传递到另一只手中。这一火炬的存在比奥林匹克的圣火还要古老，它自荷马的时代就一直漫游在人类的精神之中。

　　诗人们本身并不都认为灵感存在和必要。有几种思想的流派。我们知道，比如保罗·瓦莱里就反对灵感的概念而赞美秩序井然的心灵的理性成分。另外有的诗人为灵感辩护，同时又强调广泛的预先的劳动、技艺、思考的必要。然而，这并不是问题。问题只是，似乎略微有悖常理，被称作灵感的美妙疾病，是否以某种方式决定着诗歌的气质,甚至决定着诗歌这种东西。灵感总归是积极性的,它非常接近于欢乐的化身(我们不太近地观察灵感附身的人还好,太近了就足以发现,他们跟那些连续几小时发作的、忧郁的紧张症精神病患者十分相似)。

但我们不能知道,我们的热情是否实际对应着现实中的、世界结构里的任何事物,虽然在我们得意的时刻,我们是绝对相信是那样的,甚至第二天我们仍然确信我们是对的。而在一两个星期之后,怀疑也许就开始出现了。

三

此时有人可能会问(非常正确):你生活在什么星球上?毕竟,今天人们写下的大量、占压倒性多数的诗歌——十九世纪也是一样——并非都是充满热情、狂喜的欢乐,而是充满忧郁、反讽、怀疑和绝望!如今,一种被悲伤烤干的反讽,很可能是在诗歌里最常用的材料。所以,要想让诗人们转而传达狂喜,并不是那么容易的事。

此时本文的作者应该锁上普通的工作间,放弃抵抗,回到了他的主业上去,也就是,诗歌写作。但是,事情也许没有这么简单。

当然,在诗歌里并不缺少忧郁和反讽,无论是在浪漫主义时期,还是在当代的诗歌中。更不用提古代诗歌:流放中的奥维德并没有写快乐的诗歌。浪漫主义诗人频繁地大放悲声。当代诗人不再哭泣,我们只是在寒冷的、优雅的绝望里煎熬,时不时被一阵抑郁的大笑打断。忧郁和欢乐结伴而行,难道不是这样吗?这样的情绪在抒情诗歌里被拔高,成为某种类似世界观的东西,但是它们还保留着史诗里的某种典型的气质。忧郁和欢乐是诗歌最普通、二元性的遗产。肯定和否定一起构成了一个更具精神病理学意义上的姿态,"拇指向下"或

"拇指朝上",这种随意从罗马的恺撒们那里借来的姿势(恺撒和诗人都依赖于拇指)。诗的忧郁,有时难道不是狂喜的伪装么?仿佛诗人都想要更久一点地享受灵感,于是把它藏在了一只耐热的容器里。有时,这些肯定和否定也许是非历史的,它们的提出没有考虑到新的事实和结论。法庭开会,体验了灵感,而忽视了智慧,忽视了起诉人和辩护方,通过了不容置疑的、措辞完美的判决。波德莱尔的怨言怨语,真的跟奥维德有很大区别吗?

这其中有什么害处?诗歌的反对者严肃地说:使我不安的,甚至不是那种不可避免的、廉价的反讽。不是,是诗歌拒绝参与到时代的智力建设中去,是诗歌忽视了人文努力的方方面面,那一切有意思的、也许还是最有意义的事物,也就是,忽视了对复杂难解的人的世界进行不断、认真、细致的观察,其中有些事物总在变化、有些事物一直未变。除了其他传统意义上的劳作,作家面临的紧迫任务还必须包括衡量两方面的成分,即:发现恶的新形式、善的新的品种、新的行为模式与不朽的生活方式。作家提升世界,这个总是有点老旧或有点新意的世界,它既显古老,又因"现代性"(它像一层闪光的尼龙覆盖世界)的入侵在不断改变,甚至就在不太久远之前,在三十年代和四十年代的动荡中,它还深受精神创伤。时代的精神建设,那么多人已参与其中的伟大劳动,仍然主要在于理解二十世纪的巨大悲剧。在此,有一个属于诗歌的领域吗?

四

为什么那么多聪明、开明、有教养的人如今离诗歌而去?在某些国家,答案是很简单的。比如,在法国,几十年中抒情诗一直将其功能理解为一种方法论上的独白,对"诗歌到底是否可能"这一问题没完没了的沉思。这就好像一个善于内省的裁缝，不再为他人做衣服了，而是不停地在思考那句非凡的阿拉伯谚语："针给无数人缝制好了衣服，自己却一直光着身子。"那些想在最根本的问题上寻求答案、富有思想的人，就会不可避免地离弃如此枯燥、自恋、与外界隔绝的诗歌。但是，在另外一些地方，诗歌并没有彻底断绝与世界的对话，抒情诗并不总是只想吸引可能被证明为最好的读者的那些人。

> 时间以这样奇怪的诡辩
> 原谅了吉卜林和他的观点，
> 还将原谅保罗·克洛岱尔，
> 原谅他写得比较出色。

我们崇敬地阅读奥登的《悼念 W. B. 叶芝》一诗中最优美的诗节，总体上，我们认可它的意义。然而，如果我们停下片刻，思考它的结论，我们不禁要问，是否只要某人写得好，甚至特别好，真的就成为原谅他说过什么的理由？即使我们跳过奥登在其马克思主义阶段挑选出的这些人名（保罗·克洛岱尔和叶芝真的需要被原谅么），我们在这里所看到的一个倾向，它并不仅限于《阿基里斯之盾》的作者。这是一种温和的倾向，不仅是对于诗人，也是对小说家，把他们像孩子一样对待。你可能说过一些蠢话，但你还是那样受膜拜（这是多么狡猾的一副面孔）。但是，如果我们想要严肃地谈论文学，有的作品，有些时候就必须被抛弃，即便它"写得非常好"。比如，马雅可夫斯基相当大一部分作品就应该被抛弃，虽然他巨大的天赋是不成问题的。

五

是否可能存在某种本体论的现实的要素,在它之前诗歌是无能为力的?这种要素是恶吗?是否可以说在恶的面前诗歌是无能为力的?但是,我们毕竟已有了但丁,我们有了歌德的《浮士德》,我们有了《奥赛罗》和《麦克白》(以"统计学"方法来论证,比起面对恶的诗歌,我们有更多的狂喜的抒情诗——比如说济慈、惠特曼和克洛岱尔,并无实际意义)。

但是,那些想要理解现代独裁政体、纳粹或斯大林主义的人,可能更愿意去读历史学家或者哲学家的著作,如劳尔·希尔伯格①、汉娜·阿伦特、埃里克·沃格林、阿隆,甚至是阿尔贝特·施佩尔②的日记、赫尔曼·劳希林③、索尔仁尼琴的早期作品、大屠杀牺牲者与刽子手的回忆录。他们可能会转而阅读基亚罗蒙特,去读二十世纪俄罗斯历史学家的著作,弗朗索瓦·弗雷、马丁·玛利、莱谢克·柯拉柯夫斯基和其他更有洞察力的分析(是否能够找到他们寻求的最后答案,是另外一回事——假如最后的答案的确存在)。如果他们关心当今社会与精神上的诸多更新的疾病,他们也不缺少适合的散文作品。

"停一下,"在此我的一个诗人朋友可能突然打断我的话,"诗歌是否真的只是被当作某种智力救急服务,它的天蓝色救护车在沉睡的

---

① 劳尔·希尔伯格(1929—2007),出生于奥地利的美国历史学家。

② 阿尔贝特·施佩尔(1905—1981),德国建筑师,因其建筑设计特点再现了希特勒青年时期的梦幻,从而受到希特勒的赏识,成为他的密友,并先后担任希特勒的私人建筑师,德国建筑总监,军备与战时生产部部长。

③ 赫尔曼·劳希林(1887—1982),德国保守派人士,曾短暂加入纳粹,后脱离。1936年移居美国并开始公开谴责纳粹主义。

城市大街上呼啸着疾驶而过?"当然不是。将诗歌限制在如此单一的功能上,是可笑的缩减。另一方面,诗人也不应忽视那可能被称为"时代的智力辩论"的东西;他们不应全然回避它。这个辩论是否真实地存在、在何处发现这样的辩论,是另外一件事。我认为它确实存在,尽管它也许是未完成的、间歇性的。

如果诗人都回避这种讨论,认为那些更次要的灵感宝藏或忧郁,比起沉思二十世纪这些极端的邪恶,或我们时代更为巨大的悲伤和厌倦更有价值,他们就是在效力于诗歌的衰落,腐蚀诗歌在人类创造的业绩中占据的、由诸神和希腊人所赋予的崇高地位。那样的话,诗歌就变成了学生和高级市民的一种有趣的业余爱好——不再是一个关心根本问题的成年人的事情。

这里并不是说,实际的争论处于危险之中。一个反对诗歌的具有说服力的指控可能是,诗歌没有寻求人类和世界的真理,而是局限于它自己,在世界的海滩上收集一些漂亮的小玩意、鹅卵石和贝壳。

是的,没错。但是我们也有《杜伊诺哀歌》、艾略特的《荒原》、米沃什的《关于道德的论文》和《关于诗歌的论文》、曼德尔斯塔姆的彼得堡诗篇、奥登的《阿基里斯之盾》、安娜·阿赫玛托娃的《安魂曲》、兹比格涅夫·赫贝特和策兰的诗——它们处理的是什么?邪恶、现代性、我们时代的生活、我们与时代之间的抵牾。

六

让我们再来看看诗歌与世界的关系。当然,只有极少、非凡的诗歌,通过他们大诗人评判我们时代的耻辱。难道不是吗?整体上,诗歌并不拥有那样的认知手段,可以充分理解平庸、卑鄙、厌倦(我不是指艺术家那种优雅的厌倦或波德莱尔的坏脾气,而是指我们的城市在寻常的星期天下午那种昏昏欲睡的厌倦），可以认识那个暴戾的理着平头的、毫无灵魂的官僚艾希曼。

当然，存在某种避开诗歌的恶，那是小说家——也许只有陀思妥耶夫斯基——能够处理的恶。我们可以把这叫作"陀思妥耶夫斯基笔下的恶"，斯塔夫罗金和卡拉马佐夫兄弟的恶，以及年轻的弗克赫文斯基的恶，那种既是心理学意义上的，也是神学意义上的恶。在涉及希特勒和斯大林强而有力的恶时，诗歌主要将它限制在，有时甚至是非常出色地限制在牺牲者的悲恸上，就像在策兰、米沃什、赫贝特、阿赫马托娃的诗那样。但是，诗歌在企及这种恶的来源时，是极其困难的（必须马上加一句的是，在这方面，那些最伟大的哲学头脑也并没有提供更多的东西）。

这并不简单地只是一个对于恶的认知问题。我同时关心的还有诗歌的现代定义，不是理论上的定义，因为并没有那么一个理论上的定义存在，我关心的是实际上的定义，它甚至为那些最杰出的大师所使用，一个能够精确反映那些发生在现代头脑里的变化的定义。二十世纪最广受崇敬的诗人赖内·马利亚·里尔克，在这一个迷住过古代诗人的话题上，也几乎无话可说：应该如何在人类中间、在何种社群之中生活？虽然关于如何在存在的隐秘之中、在孤独中、在孤独的爱中生活，以及在如何去死这些方面，他都说得很好。

七

也许抒情诗有两只翅膀，两个主要的关切。第一个是庄严的任务，它也许是每一代抒情诗绝对的中心：这是连续性的需要，承担精神生活的需要，或者更可以说是，为了给内心生活提供形式。因为在诗歌里，就像在气象学上，两种大气的前锋总要相遇并引起冲突：我们内省的暖气流总要遇到形式的、沉思的冷气流。我几乎不屑一顾提到过（为了教学目的！）"那些抒情灵感的次要宝藏"，以及它们实际的使用也有其巨大的意义，无论它们被赋予了怎样的哲学意义。

什么是精神生活？真是令人气恼，竟然还要提这样的问题；但是，无论何时，在我说出这些单词的时候，也许尤其是在美国，我的交谈者就会犹疑地斜视我一眼，好像是要说：把你送到修道院去吧！然而，精神生活并不需要藏到西多会修士们的习惯之下；它甚至只是跟我们以想象之眼，对世上的事物的观察紧紧相联。它也可能只是在宗教追求上的一种方式，但是，这在当代诗歌里还剩下多少，真是很难说：诗歌难道不更是一种神秘主义入门？天主教的哲学家雅克·马利坦也曾力劝诗人全神贯注于物质和诗艺。

诗歌是一门艺术，因此不能减少到只是精神活动。但是，无论如何，我们需要记住，就像在破碎的镜子里一样，唯有在精神生活中，我们才偶尔得以一见"永恒"小小的、移动的火焰，不管嘲讽（或不嘲讽）的读者如何理解这一点。

然而，与此同时，精神生活也必须被隐藏，它不能被炫耀于大庭广众。就如霍夫曼斯塔尔著名的宗教神秘剧《每一个人》里可怜的司炉工，它必须被限制在船甲板下。它不能走出来，有两个理由：首先，它是不适合上照的；它就像五月的空气一样透明。其次，一旦决定引起公众的注意，它就变成了一个自恋的小丑。但是，与那个司炉工的比照仍然适用——这种无形的、单独的内在生活，在其激情方面，在其质朴的性质方面，在其苦涩方面，以及在其不知疲倦、生气勃勃的热情方面，是推动诗歌与人的最后的与不可缺少的力量。

当下的大众文化，也许是令人愉快的，有时是无害的，它的显著标志就是对于内心生活的彻底无知。它不仅不能创造内心生活，它还使内心生活枯竭、腐蚀和败坏。科学，遇到的是另外的问题，却同样忽视内心生活。因此，唯有少数艺术家、哲学家和神学家还在捍卫这一脆弱、受到围攻的城堡。

捍卫精神生活,不只是扔给激进的唯美主义者的一块小面包片。我认为,精神生活,以波兰语、英语、俄语或希腊语对我们讲话的那种内在的声音,也许有时只是低声细语的声音,却是自由的支柱和基础,是沉思与独立的不可或缺的领地,保护我们免受强大的打击和现代生活的诱惑。

八

在另一方面,诗歌的第二只翅膀,其明显的特征是更多智性、认知的特性。它勇敢地关注我们世界变化的表面,它寻找关于我们自身的真理,它不知疲倦地执行对现实这一没有尽头的走廊进行勘察的任务,它反对谎言。诗歌必须为历史守望;正如英国诗人和哲学家凯思琳·雷恩理解的那样,它不能仅仅依赖纯个人的经验,也就是,一种非历史性的回归,回到英语传统中由少数诗人(布莱克、济慈、叶芝)创立的基本格局中,它的主要模式和主题。意识到历史的变化、在总统府前面的广场上站立的卫兵、沉思我们的文明逐渐或迅速的变形:这一切也很重要。对历史世界全然冷静地注视,因此构成了诗歌的第二只翅膀,另一边则是我们内在的经验,它来自某个不为我们所知的源泉。

有时候对真理的追求采取了更为不同的形式:试图创造一个普遍尺度的尝试。每个作家,每个诗人也是一个人类世界的法官(他偶尔也裁决自己);一首诗的每一行,给世界一份建立在更早的沉思之上的裁定。每一行都隐藏着柬埔寨和奥斯威辛集中营的苦难(我知道这听起来似乎言过其实,但愿是那样)。每一行也包含着一个春天的日子的欢乐。悲剧和欢乐碰撞在每一行之中。

还有另一个问题。在诗歌里,我们必须总是考虑至少两件事:事物之所是，与我们之所是。我们必须清楚地看见人类的喜剧和残酷，我们必须看到我们自己和我们周围之人的虚荣和愚行。但是，我们也不应匆忙地放弃对于更高世界、更高秩序的愿望，即使人类愚行的障碍可能使我们沮丧。我们不缺乏提醒我们人类贫困的出色记者；但是，有谁同时也能提醒我们，那些使我们道德向上的事物呢？这两方面的洞察力的确会一前一后地发生作用。仅仅描述人类的堕落——无论多么小心谨慎——只会导向沉闷的自然主义。一旦离开了冷静的裁断，那么，对生活潜力的狂喜，它的神学的维度，只会带来一种不可忍受的、充满不恰当傲慢的修辞。但是，同时维持两种观点是极其困难的；最终诗歌也成为不可能的（正如人类的生活是不可能的，按西蒙娜·薇依的说法）。

九

也许诗歌的这两只翅膀彼此正相妨碍——就像一个富于同情心的诗人笔下描写的信天翁，笨拙地行走过船甲板上。有时它们甚至似乎互相矛盾。蜜蜂似的精神收集活动，是介于表达和认知之间的哀伤的、纯冥想性的活动（几乎是消极的，近似于佛教徒式的），而对于诗歌的智性的理解，要求头脑警觉、思维敏锐，属于一种不同的内心定位的形式。它们互相干扰，它们在寻找不同的方向，它们好奇于不同的事物。

在某个限定的意义上，抒情诗这两只相互妨碍的翅膀，可以比之于"理性与启示"的经典象征，即"雅典与耶路撒冷"（这就是列夫·舍斯托夫和列奥·斯特劳斯看到的两难困境，舍斯托夫选择了耶路撒冷，斯特劳斯却发现其中存在不可解决的冲突）。因此，诗人——以及一定比例的思想者——注定生活在一种雅典与耶路撒冷之间的裂缝中，生活在最终不能企及的真理与美之间，在惊奇与虔诚之间，在思想和灵感之间。

十

"诗人应如何生活？"有人可能会问。"他们是否真的辗转反侧于信仰与沉思之间？"我猜想，他们通常生活得很不一样。他们活着捍卫着诗歌。诗人生活着，就像被围攻的城堡里的守卫者，查看着敌人是否正在靠近以及敌人来自哪里。这不是一种健康的生活方式；它常常导致慷慨大度和自我批评的缺乏。它致使诗人不能进行对自我的反思——以及对时代的思考，时代通常被误解。

他们寻求真理吗？他们难道不是很容易沦为轻浮预言家和混乱哲学家（这些人，既让人不能理解，又不能与其断绝联系）的猎物吗？诗歌的贫困，正在于它对今天那些占统治地位的思想者——还有政治家——过度的信任。这毕竟都是在上个世纪之中发生过的事情，他们沉重的眼睑仍然紧压着我们。被巨大的情感占据的诗人，屈从于天赋的能量，不再懂得现实。布莱希特为什么会服务于斯大林？戈特弗里德·贝恩为什么曾有那么几个月会信任希特勒？法国诗人为什么会相信结构主义者？美国的年轻诗人为什么那么在意直系亲属而忽视更为深刻的现实？为什么会有那么多陈腐得令我们绝望的平庸的诗人？为什么当代的诗人——成千上万的诗人——热衷于精神的冷淡，热衷于那些小小的、俏皮的玩笑，热衷于优雅，有时甚至是令人愉快的虚无主义？

十一

最后,我承认(正如读者已经想到的),我并不完全反对一种自由的、明智的、优美的诗歌,一种力图联结起近与远、低与高、凡俗与神圣的诗歌,一种力图记录灵魂的运动、情人的争吵、城市街景,同时还能注意到历史的脚步、暴君的谎言的诗歌,一种经得起时间审判的诗歌。我只是恼怒于那种小诗歌,精神贫瘠,无智慧,一种谄媚的诗歌,卑躬屈膝地迎合这个时代的精神刺激,那种懒惰的职业官僚似的东西,在一团幻觉的污浊的云里迅速地掠过地面。

诗歌与怀疑

道德家是那样一个总是吁求人类品性中较好一面的人,一个关注善与恶的基本选择的演说家,一个提醒我们基本义务、指责我们弱点和错误的人。道德家常常像一个天使一样说话。无论如何——也许相当天真——在波兰我们习惯这样认为。但是,在法国,道德家却是一个习惯说人坏话的作家。谁最善于讽刺,谁就是最好的道德家。这个值得尊敬的传统始于弗朗索瓦·德·拉罗什富科和尼古拉·夏弗①的名下(其中最伟大者当属帕斯卡尔);这是一种恶意嘲讽的传统,它隐含着一个很少被表达过的关于人性的、带有宗教寓意的多数派的理想。在二十世纪,它找到了一个继承者,一点不像他可敬的祖先(齐奥朗的确得意地注意到,拉罗什富科公爵生性是个胆小的人)。齐奥朗原是一个贫穷的罗马尼亚移民,一个东正教神父的儿子,在某些方面是一个典型的中欧知识分子,是栖息在巴黎阁楼间众多的文人中的一员,他们的生活来源和准确身世都不为人知;他是来自布达佩斯还是布加勒斯特?(无论如何巴黎人都不会问,因为他们根本不关心。)

今年②十一月在法国出现了一本不寻常的书——埃米尔·齐奥朗身后出版的日记,题为 Cahiers,也就是《笔记本》,由作者的长期伴侣西蒙娜·布埃(她本人也已去世)筹划出版。此书引起轰动,原

---

① 弗朗索瓦·德·拉罗什富科(1613—1680)和尼古拉·夏弗(1741—1794),均为法国箴言作家。
② 1997年。

因简单。齐奥朗,一位迷人的哲学随笔的著名作者,笔调阴郁、极其悲观主义的作品已被译成很多种语言,这些作品本着一条原则,即"唯有那个从未出生的人是幸福的",在去世两年之后,突然出版了很可能是其最伟大的书(他的生卒年份是一九一一——一九九五)。这本书和他更早的作品并不完全矛盾;但是它的作用仍然是一种矫正,以种种迷人的方式,对他早期的写作做了补充。这里的齐奥朗,作为一个宗教思想家出现,较之以前的随笔所暗示的,是一种更为丰富的人格。早期随笔让人想到的,是一个谨慎修剪过的法国式花园,而这本日记不时透露出一个大不相同的人,不像之前那样始终如一,这次是一个不同的、更为复杂的哲学家,有时甚至是一个诗人。

《笔记本》——时间跨度只是一九五七——一九七二,所以它们并没有一直到结束——它的出版,就像卡夫卡的作品,是违背作者的意愿的,因为他并不想让私人笔记公开(尽管他也并没有烧掉它们!在我们的时代,你不能依靠别人,你得自己摧毁手稿)。这本书非常令人不快——通常就是这样,一本不会使人不安的私人日记,大多是已经被篡改过的。齐奥朗激怒我们的,是他那极度的自恋癖(书中包含至少二百条自我定义)、恶毒的幽默、忧郁症、极端的厌世:每次进入地铁或郊区火车偶然看到一点共同的人性,他就体验一阵强烈的嫌恶。这种自恋癖不同于拉罗什富科,后者从不会写到自己。

他不仅以那些强迫观念本身,还以对于强迫观念的确信,激怒我们,他不止一次清楚表明,伟大的艺术就是出自于那些强迫观念。他引起人的急躁、愤怒和怜悯——同时,还有对于自我揭短的勇气的自赏。但他没有到此为止;毕竟,那样也不算特别惊世骇俗,年轻美国诗人们在他们不乏缺陷的诗里,也多少那么干过。在他的这些日记里,他分批分期、不避令人痛苦的矛盾,构造了一部才华横溢的哲学论文,作为他这世纪之子悲哀而富于天才的忏悔。

谁是齐奥朗?他出生在罗马尼亚的一个乡村,那是他直到他生命的最后都在深情怀念的失去的天堂。正如我已提到的,作为一个地方牧师的儿子，他特别聪慧，很早就开始发表作品。同时，他很早就开始受到狂热紧张的精神生活的折磨，受到各种神经衰弱症，以及他最大的敌人一个叫作"失眠"的不祥怪物的折磨（准确说，是失眠症；此疾，齐奥朗有时把它看成哲学的美德，在未来的岁月里将会使他苦恼不已）。他在战前便已定居巴黎，但只是到战后才开始用法语写作（此前他用罗马尼亚语写作出版过几本书）。虽然说话还带有罗马尼亚口音，但他很快就赢得了法国文学中最好的文体家之一的声誉。作为一个完美主义者，齐奥朗从不在法国电视或广播上露面讲话；他无疑不能忍受这样的法语，一个完美无瑕的文体学家会破坏口头语言，因为发错法语中元音 e 不同的变音。

他的一段作为法西斯主义者的插曲，在罗马尼亚铁卫队里的一段真正狂热的时期，给他的传记投下了阴影（在日记里他写道："我的招认只会增加我的麻烦，我的否认会被狂热地接受。"）。

他形成了一个不可思议的本领，从他位于巴黎市中心的居所（奥町街二十一号），也能看出某些悖论式的生存条件。他从未发达过，至死都生活得很简朴（虽然在他六十年代的日记里，似乎带着惊讶地记下他拥有五或六套西服！）。他没有接受过各种文学荣誉；在日记里，他说文学奖毕竟不适宜于约伯……他被视为隐士，一个苦修者，他正是一个那样的人，不折不扣。同时，他又过着一种异常活跃的"巴黎人"的社交生活，他认识"每一个巴黎人"。他有时被认为"很时髦"；他成了一个自杀问题方面的专家……他友好地结交贝克特（如果这两个古怪人真能成为朋友）、尤内斯库、亨利·米肖，他认识策兰。有谁他不认识呢！

他参加巴黎人的聚会（而在次日上午便痛苦地责备自己）；偶然遇到朋友，他可以连续说上几个小时，不让别人插一句嘴。由于这个缘故，事后他却要痛苦不已！他厌恶巴黎人的伪善，巴黎的文学产业，巴黎人的势利——同时他却嗜好这一切，就像鸭子嗜好水。一次，他在参观约瑟夫·恰普斯基的作品展览后（齐奥朗也认识他，而且我认为,以自己的方式钦佩他)写道,展览会上人们笑得很真诚,并不虚伪,因为他们是波兰人,不是法国人。

他的日记是孤独与沉默的赞美诗;杰出的健谈家齐奥朗却只喜爱安静。虽然如此,你不能不佩服这些日记的诚实。齐奥朗经常地讲自己的坏话:他不回避自己无数小小的不忠,他常常嘲笑自己,这个不及格的佛教徒在走向神秘主义的路上半途而废,这个"道"的追随者认识半数的巴黎人。但他只背叛自己、他珍惜的自我形象。他渴望成为一个亚洲的圣贤,在迈向涅槃或者斯多葛派所谓"心平气和"(ataraxia)时鄙视这世界细枝末节的问题——但他又总是与粗鲁的理发师、爱占上风的女店员、拖拖拉拉的收银员发生口角,最后,是与自己争吵。他有喜好争讼的天性,却又迷于斯多葛派——或佛家——消极与内心平和的理想。

他也曾梦想,对自己的书之命运完全无动于衷。更有甚者——他曾梦想完全放弃写作,而以绝对的无为与故意无目的的沉思达到最大的快乐。虽然如此,他还是会打电话给他的出版商,提醒他给巴黎的书店供货,而在一位美国编辑拒绝了他的关于保罗·瓦雷里的随笔后痛苦不堪,就像任何处在这种情形的作家一样。齐奥朗不想成为他所是的那个人;他不想成为一个罗马尼亚人、作家或者一个怪人。最重要的,他不想成为那个他已经做成了的巴黎文人!

他从未放弃成为"刽子手之子"的梦想,这曾经使他的朋友无比震惊。同时,他却过着一种中产阶级知识分子完全正确的生活。他想成为一个魔鬼似的他者,但又没有付出努力(他并不想折磨自己或者折磨他人,就像萨德或阿尔托)。他宁愿从他的父母那里继承恶名,就像其他人继承眼睛的颜色。别人希望得到遗产,他渴望家族的耻辱。

他钦佩西蒙娜·薇依,而且他们享有某种隐秘的相似性;二者都迷于"非创造",也就是,存在——他们自身——的解体。自杀是齐奥朗最大的哲学痴迷。有时他会实用主义地对待它,并写道,那些总是想着自杀的人绝对不会实际地执行它。对立是多方面的——一边是自私，懒散（东方风格的）的齐奥朗，一边是为受压迫者服务、孜孜不倦的行动主义者薇依——他们都将自己看成困累中的神。

"我的儿子无疑会成为谋杀犯，"并无子嗣的齐奥朗如此说。他还对一个即将成为父亲的朋友说他在承担一个巨大的风险："你的儿子可能成为一个谋杀犯。"大地上生命的延续，像精神错乱一样使他深受打击，而每次新的妊娠都是错误。

"我每天进入怀疑，就像别人走进办公室，"他曾在日记里写道。写日记就是忍受怀疑的标志，怀疑——在这段话里——用的是大写字母。"怀疑"最大的提词员是"死亡"。既然死亡不可避免地会到来，为什么我还要做这做那，想这想那，说这说那？朋友的葬礼，对齐奥朗是一种折磨；在拉雪兹神甫公墓进行的一次火化，更强有力地作用于他，超过他读过的全部古代的怀疑论和犬儒哲学。然而，这其中有时也还存在某种庄严；甚至一个收音机的音量常年烦扰到他的无足轻重的邻居，也使他经历死的蜕变。这就是我们看到的怪异的齐奥朗，时常地生活在死亡的思想里；失眠，显示为死亡的表亲，死亡的特使。

官方的世界，包括政治的与学院的，都受到谎言的影响；真实只存在于怀疑、对立、孤寂之中，存在于与生活的无政府主义关系之中。在这里不难看出作家极为私人化的忿恨的痕迹。他早年对罗马尼亚法西斯主义误入歧途的支持（不只齐奥朗，很多杰出的罗马尼亚知识分子都犯过这一可怕的错误），无疑使他回避任何形式的肯定。一朝被蛇咬……如此解释齐奥朗——只是一种简单的解读，有点浅表，过于简单——使齐奥朗失去了他黑色的魅力，使他自动简化成了"众多知识分子中的一个"。

但齐奥朗的戏剧可以全然不同地解读，作为一个与众不同的灵魂的记录，更为个别地来解读；在这本厚达一千页的书中，他对诗歌的热爱构成了一条故事的主线。简单地说——这是一个诗歌逐渐被怀疑主义、被疑惑扼死的故事。齐奥朗有他喜爱的诗人：狄金森、雪莱、道森。但他越来越少地转向他们，他离诗歌越来越远。他不能忍受里尔克的文字，更偏爱戈特弗里德·贝恩部分文字里的愤世嫉俗。诗歌的敌人是尖刻、戏谑、缺少幻觉的散文。直到他去世对他讲话的唯一诗人，是约翰·塞巴斯蒂安·巴赫。巴赫的音乐总能使其震惊不已，命令他跨越到另一边界，达到欢乐、肯定和上帝的那一边（只有亨德尔的《弥赛亚》对他具有类似的效果）。但也只是片刻而已。

在日记中，只要诗的时刻出现——比如，因为一段音乐，或在法兰西乡村偏僻的风景里长时间散步之后——齐奥朗就会变得异常的言简意赅。而在另一方面，怀疑是雄辩的；受作者的声音驱动，怀疑的宣判之声切割着，就像斯宾诺莎切割镜片。齐奥朗的日记本质上是专为怀疑之便而设计的一个平台。在日记中，诗歌只是一种边缘性的存在，几乎是一种阴谋性的存在；诗歌日渐减少，逐渐消失。但是，即便诗歌的分量少而又少，也借予齐奥朗身后出版的这本书一种新奇的魅力，因为正是这种对诗和音乐的强烈爱好，使我们得以修正阅读他的随笔而形成的、关于这个巴黎的遁世者本人的肖像。

另一本书出现在今年的九月，它似乎与齐奥朗这部言过其实的大部头毫无共同之处，那就是切斯瓦夫·米沃什的《路边狗》，一册体式短小的散文与诗的非凡合集。毫无共同之处？让我们看看是否能够发现什么……

首先，作者是同时代人，代表同一代人：米沃什只比齐奥朗小三个月。他们很可能曾在五十年代的巴黎，无意中相遇过。此外，《路边狗》这本书，不是一本日记，却"像日记"，结构松弛、结尾开放。它也是哲学性的，甚至是相当玄学的；就像齐奥朗的著作，它是关于我们这个世界的论文。两位作者支配的记忆与经验的资源，也并非迥然不同。两人都从危险、动荡的东欧地区，来到"光明之城"巴黎（虽然齐奥朗只经历了纳粹占领的法国改良版）。甚至从哲学上来说，在他们两人之间不可能找出什么相似之处。很难想象比它们更为不同的两本书了。两书的素材可能是相似的：对乌托邦的厌恶、对宗教的迷恋、对巴黎和西方知识分子中流行的狂热无情的批评、精神独立、对西方智识圈中人的距离感与明显的优越感。但是，对这些材料所进行的判断，却大相径庭。

《路边狗》与《笔记本》——当它们被放在一起审视——就像两幅静物画。在米沃什的作品里，在显目的位置，你看到一只灿烂的苹果，和一只闪光的牡蛎，只有在凝视背景的时候，才会看见一个断头台的朦胧轮廓。另一方面，在齐奥朗的画里，占第一位的，是一个光秃秃的骷髅，和从一个优雅的沙漏滴漏下的一道薄砂，挡住了一串葡萄。（的确，在复杂的肖像学里，苹果通常暗示着"无常"……）

然而，《路边狗》是一种非常独特的画。作者想向我们展示的，只是他无可奈何才暴露的东西：画布黑暗的一面，作者关于恐怖的知识，苏式死亡机器的惨状，以及威胁到每个活人的灭绝的命运。尽管如此，米沃什关于现实的论文，仍然不失为一部庄严的作品，一部古典主义者的作品，他对这个世界的恐怖的精通，不是遗忘，而是以自己的方式吸收。绝望与怀疑被战胜，不是通过古典主义，毕竟——对于现实的恶，那是太无力的药剂！而是通过诗歌，那个不可定义的、将欢乐与悲痛像氧气和氮气一样混合起来的事物。诗歌，成为改变世界之风味的微小颗粒。就像米沃什更早一些的作品，《路边狗》像一个天平，秤盘之上展现着恐怖和美。如果说美总是获得胜利，那也不是因为某种抽象的人道主义，某种可被教科书作者拿来分析的、说教的学说，而只是因为作者热情的、创造性的、诗性的好奇心，正是它们创造了某种"多出"的东西，无论是在一首诗中还是一则散文性笔记中，正如法国人说的，是那种特别的"我不知道是什么"的东西，它就是诗。

对米沃什而言，正是诗歌带来意义。如果《路边狗》是一个街头临时演讲台，那也只是为了诗歌而设（它服务于智力与记忆）。的确，米沃什的作品并不缺少怀疑，有它自己特别的壁龛，它被拴在一个锁链上，并且不许在争论中取胜；它是某些更高力量的仆人。当然，其他力量也发挥作用。比如，极强的幽默感（这是齐奥朗不具备的），它标志着对宇宙缺陷与人类弱点的容忍（包括作者自己的）。

诗歌与怀疑互相需要，它们共存，就像橡树与常春藤、狗与猫。但是，它们的关系既不和谐也不对称。诗歌之需要怀疑，远多于怀疑需要诗歌。通过怀疑，诗歌剔除掉修辞的不诚、废话、谎言、年轻人的喋喋不休、空洞的（不实的）激情膨胀。如果脱离了怀疑严厉的目光，诗歌——尤其是在我们黑暗的日子——可能很容易蜕化为多愁善感的低吟浅唱、得意洋洋却毫无思想的歌曲、对大地上的所有形式的无意义的赞美。

在怀疑这边，事情大不一样：它逃离诗歌的陪伴。诗歌是它恐惧的对手，甚或是它致命的威胁。即使是阴暗、悲剧性的诗，也都高于怀疑，消灭怀疑，取消它存在的理由。怀疑丰富诗歌，使诗歌戏剧化，但是，诗歌消除怀疑——或者，至少是淡化它，使怀疑论者丧失理智，突然沉默，要不变成艺术家。

怀疑比诗歌更聪明，它所做的，就是讲些这世界的恶毒故事、说些我们已经知道而一直在隐瞒我们的事情。但是，诗歌超越怀疑，指向我们未知的东西。

怀疑是自恋的；我们挑剔地看待一切事物，包括我们自己，以及可能安慰我们的事物。诗歌正相反，它信任世界，并且剥去我们身上"我"的深海潜水服；它相信美与美的悲剧的可能性。

诗歌与怀疑的争论完全不同于乐观主义和悲观主义的肤浅的争吵。

二十世纪的伟大戏剧，意味着我们现在要与两种心智打交道：一种是顺从的，一种是寻觅的、探求的。怀疑是听天由命者的诗歌。反之，诗却是寻找的、无尽的流浪。

怀疑是隧道，诗歌是旋涡。

怀疑更喜封闭，而诗歌敞开。

诗歌笑与哭，怀疑冷嘲热讽。

怀疑是死亡的全权代理，是它最长最聪明的影子；诗歌却奔向一个未知的目标。

为什么一个人会选择诗歌而另一个人选择怀疑？我们不知道并且永远不会明了其中的原因。我们不知道为什么一个人是齐奥朗而另一个人是米沃什。

休假的结束

休假!多么美好的世界!当我意识到休假对于我的很多美国朋友与熟人竟然无关紧要时,我更加看重它的魅力。被清教徒式工作狂主宰的美国,根本不考虑诸如一次真正的休假这样的奢侈之事。为什么?我多次问过我的美国朋友。经常得到的回答是:在我们度假离开的那段时间里,就要承担竞争对手利用我们不在的机会超过我们的危险。也许不是直接超过,不是说我们就会被解雇。而是说,他们在不停地工作,即使是在夏日酷暑里也在工作,肯定就会走到我们前头,就像我们无法取消冬天的到来一样。

这倒让我想起德国哲学家尤瑟夫·皮柏[①]一本充满托马斯主义智慧的小书,作者不久前去世了,像圣经里的人物一样高寿。在二十世纪五十年代,斯达汉诺夫运动的工作伦理在德国还很盛行,他却执拗而勇敢地首倡拉丁人的"静思",即"平静、无目的、从容的沉思"。休假似乎既是"静思"的自然延续,也是对它的一种重要的修正。静思总体上是与"静止的研究"相联系;当我读到"静思"时,我想起的是一间书房,一把扶手椅,几册复制品。而在另一方面,休假通常涉及旅行(即使只是去一个继续从事研究的避暑别墅)。休假就是旅行,旅行必然伴随大大小小的烦人琐事。位居"静思"核心的"静止状态",在你动身之前就已经不存在。通过旅行,我们更是远

---

① 尤瑟夫·皮柏(1904—1997),德国哲学家。1947年出版《闲暇:文化的基础》,1952年英译本出版,引起英美学界热烈反应,T. S. 艾略特专文介绍。

离了"静思"的静止状态，无论是坐小汽车、火车还是骑马、乘公共汽车。

旅途，或某次可能的旅途，也不仅仅是物质财富在起作用，我应该补充说明。美国远比我贫瘠的中欧故乡富有，但是，当我们八月去克拉科夫的时候，我们的朋友几乎都不在城里了。在纽约就不会有那样的危险。或者说几乎不会。

回到休假的现象学：旅行引爆了静思的宁静，它让我们丢下喜欢的书。（或者丢下我们的床头读物——出行又能带上多少书在路上呢？出发前打包时，谁知道你是否钟情于那些作者？）然而，公正地说，旅行也暴露了"静思"这一著名说法的限度。待在房间里——帕斯卡尔高度赞美过这种状态——有时也会导致贫乏，导向一种迂腐，书生气的自负。书是极好的伙伴——但是，世界也值得关注。在旅途，就像在梦里，我们遇到不同的人和古老的建筑，我们得以一睹从未见过的地方。而梦常常欺骗我们；梦的声音总是急匆匆对我们讲话，仿佛害怕黎明到来。我们小小的记忆，应付不了梦急切低语过的任何事情。而一次成功的旅行，总是采取扩展的、有序的梦的形式。还有延长的旅行；即便是最短暂的旅行（我没有算航空旅行，它与旅行毫无共同之处，更像是一次短期的冬眠）也比梦更慢，更可以理解。

旅行提醒我们读得太多，提醒我们那个伸展在图书馆之外的丰富现实的领域。它们唤起行走的巨大快乐，穿过意大利小城的长长的徒步，在街道背阴的一侧歇息，避免无情太阳的照射。它们是我们重新体验到焦渴的甜蜜折磨，在啜饮不含碳酸的矿泉水后那种焦渴得以平息。换句话说，旅行——只要它还是尽可能个性化的，而不是受命，不被旅行司机的各种提议所限制——就会重新唤起书虫回到他身体的存在，提醒他旅行不只是身体运动的必要，也是艺术的必要，特别是艺术的必要。在某种意义上，我们在去那些值得一去的国家的狂热旅途中所体验到的疲劳，与艺术家们遭遇过的那种身体的精疲力竭，可以产生共鸣——匠人们，要把壁画绘上教堂的拱顶，从大理石雕刻出白色的雕像。旅行也模拟出他们从一个地方到另一地方、从一个赞助人到另一个赞助人的奔波劳顿。最后，他们骑马——或者驴——甚至步行，又开始迁移（即便在十九世纪，一些年轻艺术家还要徒步走过很长的路程；而现在，在华沙和克拉科夫之间，你难得遇到一个徒步旅行者）。

在旅行过程中，我们见到一些在家乡绝对不会遇到的人。有时，一个当地人回答我们毫不新鲜的问题——"如何到这个或那个教堂？"这样，他的热情，通过他简单的回话产生的魅力，长期留在我们记忆里："往右走，再往左。"甚至"左"这个词也失去了它在其他语言里的险恶的意味。

在咖啡馆里，也会有人坐在我们旁边。我们互相交谈几句。我们会记住这些聚会——如果它们真能成为聚会——它们是旅行良好的精神状态带来的额外奖励。

我们应该单独或是结伴旅行呢？意见纷纭。在威廉·赫兹里特的随笔《在旅途上》中，他坚持独自旅行："我喜欢独自旅行。"他引用劳伦斯·斯特恩①的话，说："我需要旅行伙伴，为了观察影子在日落时如何变长。"赫兹里特欣赏斯特恩的观点包含的诗意特性，但不完全同意，因为，他说，在旅行时不断地交换和比较彼此的感受，会妨碍大脑自发产生的反应，它们已应该单独地留在一个异乡的世界上。

但是我更倾向于斯特恩，我有许多理由，但绝不是因为在外国的土地上，即使有人同行你也是孤独的。比如，在意大利徒步或乘车旅行时，一个小镇的居民沿着规定的线路，在进行例行的散步，仿佛在催眠或梦游状态下：新的旅人的到来根本没有登记，他们完全是不显

---

① 劳伦斯·斯特恩（1713—1768），英国最伟大的小说家之一。1759 年，他在 46 岁的时候开始创作小说巨著《项狄传》，共写了九卷（1759—1767）。1768 年，他的另一部伟大的小说《感伤旅行》也完成两卷，但不久染病不治。

眼的。旅游者几乎没有现实感，有那么一个同行者可以使我们精神振作一点。当然，这个同行者必须仔细挑选。塞缪尔·约翰逊不是说过吗？最令人愉快的事情就是发现自己跟一个漂亮、聪明的女士同处在一辆马车上。

今年在卢卡①黄昏的街道上，我们就惊叹地欣赏到一次这样的徒步之行：年长的、中年的、年轻的妈妈们推着婴儿车，一群群身着漂亮T恤衫的少女和大笑的男孩，假装没有看到我们，偷偷互相看上一眼。这样从我们身边结队溜达而过的多样化的一代人，看上去有时就像是一个超自然的玩笑。它仿佛在嘲笑我们，向我们呈现了人的定数，更准确地说，是瞬间（或"同步地"，一个半瓶子醋的结构主义者可能会说）呈现了一个人的命运，被多次放大和翻倍的命运。如果是这样，那么婴儿、年轻人、冷静的中年父亲和置于墙壁高处的祖父，也许都是一个人，是卢卡的同一个居民！同样地，所有的女人，从小姑娘到灰发的、喋喋不休的老年妇女，也许只是某一个女人的倍增。

然而，每次旅行的一个不便之处是我们被剥夺了欣赏音乐的可能。你不能指望沿途在每个车站都有音乐会；而且，许多夏天音乐会，其实并不特别诱人。听众往往不都是旅行者，而主要是待在一地的那些人。但是，谁要是想重新体验一下九月到来的音乐节的快乐，可能同意禁食几个星期。他最好也不要带随身听——如今这些东西到处都是——只为了体验一下真正的音乐的饥荒，并没有因苍白的仿制品而满足。

卢卡，穆拉托夫②曾经将其描写为一个贫穷、偏僻的地方，直到世纪之交时，它还是被人忽视，但现在已经是一个繁荣的、似乎自满

---

① 意大利西北部城市。
② 帕维尔·穆拉托夫（1881—1950），俄国散文家、小说家、艺术史家和戏剧家，著有《意大利印象》一书。

的城市。它最著名的防御工事，很久以来已经不是用来抵挡什么了，而是作为本地人与旅游者的极喜爱的公园，以及作为环城与穿城的通道；你会遇到骑自行车的人、漫步的夫妇、本地的慢跑者、张大双眼打量着意大利的美国学生。卢卡的好运，看上去是那么不可思议，很显然得益于旅游业和意大利经济的发展奇迹，这奇迹是这么惊人，所以当我们有天晚上从防御工事处，一眼认出了监狱——跟所有其他地方的监狱一样，阴郁、灰暗、被氖灯照亮——我们不相信自己的眼睛。幸福的卢卡，很多年里，它在埃莉萨·波拿巴①、那个篡位者的妹妹显然良好的统治下，怎么会有监狱？但是，的确有。

卢卡与托斯卡纳的其他城市并无太大不同。但是，如果你在此待的时间长一点，仔细观察一下它的房屋和教堂，你会发现——再一次！——意大利人在建筑细节方面显著、卓越的才能，在规划小型广场、装饰墙壁以及建造辉煌的教堂方面极大的天赋。

卢卡有一个特别不同的广场——德尔·安菲堤亚特洛②——它完全保留了古罗马圆形露天剧场的形状。这一定是一种最不寻常的用来保存昔日历史的方式——露天剧场已经不在那里了，但广场作为它的底片、它的印记存在着。那些被柔和的石膏覆盖、带凹面的小石头，教人想起古罗马的存在。这片椭圆的区域直到十九世纪才被发现；之前它上面遍布简陋的小房子，更早一些时候，用于建造露天剧场的古罗马的大理石，被当地建筑师剥离下来，用做了建筑卢卡的大教堂的材料。因此它的神殿，在某种意义上说，是矗立在古罗马饱经风霜的运动激情之上的。今天，这个广场却让汹涌而来的旅游者与意大利人的日常生活非常善意地和解了；五颜六色的衣服晾晒在阳台上，而一个来自亚利桑那州的游客在花园咖啡厅打盹儿。特别是有一处阳台，位置最高，在圆形露天剧场的最西边，君临这个广场：大簇绚丽的鲜

---

① 埃莉萨·波拿巴（1777—1820），托斯卡纳女公爵，拿破仑之妹。
② 意为"圆形剧场广场"。

花从那里满溢出来。

卢卡给人以单一的印象;构成这座城市的古代防御工事加强了这个感觉,就是说,这是神奇地得以保存的遥远往昔的一个碎片。但是,当我们漫步穿越这古老的城市,特别是在六月的午后,仿佛就发生在真空里(只有在黄昏的时候,它的街道才活跃起来)。城里的居民似乎已经逃离而去。他们当然是去了附近的海滨——卢卡离著名的利沃诺海滨度假胜地不远,就是在那里,诗人斯沃瓦茨基坐在他的隔离医院外,在维亚雷焦①或者福尔泰·德伊·马尔米②。所以,来自北方的游客也会受到海滨的诱惑。我们决定,一天游览,接下来一天游泳。但不是在维亚雷焦或福尔泰·德伊·马尔米——那里,稀薄、沉闷的海滩不过召来很浅的海水,看起来就像是死海,而非地中海,更远一点的地方,越过划分托斯卡纳与博卡·迪·马格拉③的利古里亚之间的地界,有一个小城,颇有几分不同的景色。

通往博卡的道路沿着海岸延伸,让人想起公寓里的一个长长的走道,随时都会遇到一个穿着拖鞋的人,拎着湿毛巾、头发上滴着水。年轻人驾乘着无处不在的滑板车和摩托车,仿佛从意大利新现实主义电影中走下来,急匆匆从海滩跑回家里,从家里跑向海滩。所有这些海滩都围聚着人群,似乎意大利的人口已经达到了二十亿。一个写着"雪莱的餐厅"的指示牌,突出在大路边——提醒着人们,在附近的小城莱里奇,有英国诗人最后的家,他是遇到暴风雨淹没了帆船溺死的(跟拜伦不同,雪莱不会游泳;诗人迄今分为两种:游泳的和待在岸上的)。

从大路上望过去,还能看到俯瞰卡拉拉市的白色山峰,古代采石场留下的大理石。此后我们在游泳时,也会看到这些白色的山峰;它

---

① 位于意大利托斯卡纳大区北部的一个城市,卢卡省内第二大城市。
② 现为托斯卡纳著名的度假地。
③ 意大利西北部的大区利古里亚著名度假地,在马格拉河的河口。

们像伪装的热带冰川,不时被热浪涌动的幕帘遮挡,它们点缀着这儿的地平线,使其异常壮观。在博卡·迪·马格拉,度假的人要比在平坦的海滨少得多;博卡的海岸线,山石嶙峋,整天在海滨晒太阳的热心者(他们夏天来此打发时光,就像有的人盯着电视荧屏一看数小时),他们肯定不会喜欢说,这里只有一张石床,沿着嶙峋海岸展开。

博卡·迪·马格拉(马格拉河的河口,河水从最近的亚平宁山脉上流下)从不同的意义上说,是一个历史性的地方,玛丽·麦卡锡曾经在此度假。切斯瓦夫·米沃什作品的波兰读者也会记得这个小城。尼古拉·乔洛蒙蒂曾经也常来此,汉娜·阿伦特也是。这些令人尊敬的身影都曾沐浴在这同样温暖、天鹅绒般柔软、暗绿的水中。米沃什先生,至今仍然能够精确地回想起从前迷人的假日,乘着汽艇去庞塔·比安卡(汽艇在今天仍在搭乘那些想从海滩逃离的人),还有在海里游泳。

也可以循陡峭的山路到达庞塔·比安卡,在德国人修建的碉堡顶上逗留歇息,那碉堡甚至装饰了这独特的海岬。很显然,处理掉希特勒的那些碉堡是一件十分困难的事;它们建造得就像我们的苏式住宅街区,加固的水泥结构,抵抗着时间的侵蚀。不幸的是,丑陋有时也会梦想永恒。谁知道,也许一千年之后,父亲们会微笑着,对他们的孩子把它们指认出来(在此情形下,所谓千年第三帝国的建设目标也许会——具有讽刺意味地——实现)。希望他们那时候,不要将它们与希腊、罗马的种种遗迹弄混淆了。

但是,博卡·迪·马格拉也许已经落伍了?这是一个真实的疑问,因为它与度假的众人这一复杂的问题相联。你如何能够躲开七月或八月欧洲的假期?那时,半个大陆都在路上移动,连同大胆的荷兰人的大军,在每条大路拖他们的拖车。更重要的是,我们自己,为了所有高贵的借口,也成为这游牧部落的一部分。怎么办?对于这个可爱的俄罗斯激进知识分子的问题,没有简单的解决办法。避免已经被踏出来的道路,也许是唯一的解决办法。有时,这是简单的;在布拉格，你只需绕路而行，离开主要的旅行路线，独自来到一条空空如也的大街上。有时这要困难得多；卢卡是一个小城市，几乎没有什么岔路或者郊区。

我们有一次参观新建在拉斯佩齐亚的海边博物馆，避开了主要道路。阿米狄奥·里亚博物馆开馆于一九九六年十二月。成功的工程师里亚先生提供了资金。因为此馆还未录入流行的旅游指南，正是借助于它，旅游者（包括我们，我不想隐讳）像拄着拐杖的盲人跳过欧洲，我们来到博物馆，这里几乎没有什么人。它占用了一个精心修复的方济会修道院，完全是超现代化的，甚至安装了空调，这在意大利并不常见。但是它真正的卓越之处，在于它奇异的展品，尤其那些古老的绘画作品，它们被布置在轻便的灰色的木板上。许多博物馆有一个致命的倾向，把一些早期的绘画作品塞进一个狭小的空间，很显然，这个倾向受到一个原则的限制，即：因为这些艺术家还不熟悉个人主义的骄傲，所以它们应该被成群地展示。这里的绘画品避免了这样的命运。

我不知道还有哪里的博物馆能提供如此优越的条件让人研究十四、十五世纪的绘画杰作。它们被分组在两个大展厅，给人的印象就像不会结束的节日；甚至博物馆的保安也是兴高采烈的，至少没有厌倦。这证明美术馆的成功。每一幅画都吸引我们的注意，明亮的背景让我们得以充分欣赏那神奇、新鲜的颜色。

工程师阿米地奥·里亚先生现在是一个很老的绅士，我们从博物馆的文件上得知；他有并且一直有着极好的品味。许多早期的绘画固定在我们的记忆里，利波·迪·本尼维尼的《下十字架》，保罗·乔凡尼·费伊的《天使传报》以及其他一些作品。晚些的作品里，我们可以主要挑出彭托莫非凡的《自画像》（有个疑问——这真是他吗？）画上的人，看上去就跟凡·高的自画像一样：画家凝视的目光，同时包含担忧和泰然自若，一种很不寻常的结合。

雕塑里有一件作品很突出，弗朗西斯科·罗拉纳雕刻的十五世纪奇异的头。它是黏土雕刻；前额有两道裂痕，使它看起来像一个骷髅，但此头有一副和善、聪明的脸，眼睛紧闭。弗朗西斯科·罗拉纳雕塑的这个头颅看起来非常脆弱，仿佛它独自旅行在太空的某个地方。那些大理石雕刻的头就不同了，它们共享了其物质的威严；另一方面，这种黏土的外壳，却同时承担了生与死（和睡眠），就像我们一样。

我们的假期，因兹比格涅夫·赫贝特去世的消息留下了伤痕，我们在意大利，在他喜爱的国家，偶然听到这个消息（让我们温习一下他写下的颂歌里的句子，"从波兰的土地到意大利……"）瑞典翻译家安德尔斯·博德伽尔德从斯德哥尔摩打电话告诉了我们（几天之前他在卢卡访问过我们）。我在格利维策读中学时就阅读《花园里的野蛮人》；那时，在我生活的西里西亚中学里，我很难相信托斯卡纳和锡耶纳美妙的景象，它们比火星运河更富异域情调。现在我不再怀疑……

赫贝特的诗和随笔作品教会我们很多东西，不仅仅勇气与智慧，还有观看那些绘画作品和古老城市的方法。当然，在那些作品里，最奇妙的，也不是这么功利主义的表述。"教会"的意思是，因为诗与随笔的本质是某种完全无关利害关系的东西，巨大的快乐、巨大的悲伤，有时是哀悼，狂喜的战栗，对忠实的需要，对智慧的赞美。他有完美的音调。我有时想象一个古代的管理员，穿着白色的围裙，笔和刷在手里，忧心忡忡的脸，爱开玩笑的微笑，站在一个阳光照亮的，满是雕塑、树和人的大厅。他所看护的，不是艺术品，而是这样一个世界。显然，他不是一个保守者；这样的分类在诗歌方面并不存在。他是一个杰出的魔术师；锡耶纳的石头仍然在想念他。

我们应该访问神圣的地方吗？

访问神话似的地方没有意义，我认为。旅行到达在我们记忆里如青铜纪念碑般沉重的城市，是不值得。我们不应该去那样的城市，只因为我们根本应付不了那种体验，那种强烈的情感。对于我父亲而言，利沃夫在很长时间内都是唯一真实的地方，是关于这个世界唯一的想象，他在那里出生并长大。而他彻底拒绝了所有重访故地的机会。我也出生在利沃夫，但是，在真正懂得看之前就离开了。然而，最近我从乌克兰旅行回来，给父亲看我新拍摄的相片；他立刻就认了出来，并且认出每条街道，每条小巷，事实上包括每座建筑——在五十六年之后！

就像一个兴旺的裁缝店，我们的精神生活依赖于雇用一些助理、裁剪者、女裁缝，他们的任务并非独自为阵，而是互相矛盾的。"平静"，这也许有点忧郁的帮手们，在一种处女般的纯洁状态里，维持着神话，庇护它们使其免遭学者的眼睛。另外的人，忙碌的怀疑论者，挥舞着巨大的剪刀，正如他们没完没了地修改、不知羞耻地批评那同一个神话。

我接受的邀请来自海因里希·伯尔基金会，这个基金会二〇〇一年在利沃夫组织了一次国际会议，显然成为了那第二种类型——不是神话的卫士，而是它的对手——他们一定早已摩擦手掌，反复说："是的，当然了，让他去，也许那会最后治愈他对这位于欧洲边缘的无名小城的爱。"

我们在夜里很晚才抵达利沃夫，舒适的公共汽车制造了一种不真实的安逸气氛,一种温暖的安全感和睡意沉沉的堡垒,一个文明的移动纪念碑,另一个世界的代表们在从里面凝视着一个不完美的现实。这印象被那些后极权主义时代可恶的公寓楼群加强了。在窗外,一律有着模糊的外观,从勘察加半岛到里普斯基,到处都是同样的建筑,属于同一个类型,仿佛装饰苏维埃帝国废墟的竖石纪念物——但是,这里的楼群更为可悲(如果不说从哲学上,只是从技术上看,此种建筑结构的改进版,在从莱比锡到里斯本的每个地方,也能见到)。

尽管如此,五月二十四日,在上午八点前,我偶尔打开我所在的第六层的旅馆窗帘,远眺墨绿色耶稣会士的花园,在那里,我的十九世纪的一个表亲,一个律师和诗人,染上了一场重感冒,乃至不久之后死于肺炎,然后成了肖像油画上一个优雅的影像。而现在,迎接我的是一个美丽的城市令人眼花缭乱的景象,在阳光照耀下明亮的金黄。我内心的一群嘲笑者陷入了沉默,他们的剪刀冻住了。在我逗留于利沃夫的三天里,太阳是天空绝对的主人。我看见一个宁静、金色的城市在我面前;耶稣会士的花园升向一座小山之顶,我下榻的旅馆第六层,就在它的上面(旅馆是新的,建于八十年代)。我看见远处的教堂尖顶——我认出了大教堂的塔楼,多明我会①教堂的绿色圆顶,以及市政大厅的塔楼,我猜想那里一定是西妥教团装饰的外观。我知道中央广场在哪里,我想象得出剧院的样子,隐藏在这清晨的丛林之下,我辨认出"高地城堡山",像道银幕挡在眼前——更远处,在右边,被绿树环绕,是卡杰瓦尔德区,那里有一栋我祖父在二十年代购买的小房子,我就出生在那里。

在我眼前的城市,既是完全外国的,又是绝对熟悉的城市,被遗忘、被离弃、屈服、忧伤,满是弹眼,但它仍然真实地存在着,生动而令人信服地明亮、坚实,富于生气。从这座城市,我能在一眼认出

---

① 亦称道明会,是天主教托钵修会的主要派别之一。会士均披黑色斗篷;因此称为"黑衣修士",以区别于经济会的"灰衣修士",圣良会的"白衣修士"。

它最重要的教堂。这座城市总体地势对我毫无秘密可言,它宽阔地伸展在平原上,隐藏在群山之间,宁静、庄严。我们不应访问那些神话般的城市,因为根本无法看见它们、理解它们、把握它们。它们很容易辨认,但是,然后呢?可以做什么?看了很长一段时间后,我认输了,找出我的日产照相机,我想把这城市,在清晨令人惊讶的出场永远记录下来。我拍了一张照片,今天我无动于衷地看着它,它几乎什么也没有留住,五月的微光失去了它的灿烂,那些塔楼几乎不能看清,只有树叶在展示它们简单的普遍主义,电视发射塔透过早晨的薄雾高高地耸立。

幸运的是,我不必决定什么,我可以把我的问题和犹豫不决留到以后。第一天全部投入到了有关政治和经济的学术探讨中:从欧盟未来的成员国波兰的角度看目前乌克兰—波兰边境的问题。我佩服同行们的博学和雄辩,他们记得每次大屠杀、每次起义和每次国际会议的日期;这听起来似乎有点圆滑,但我是真心地佩服。我也喜欢他们提出关于未来的问题时那份激情。我带着极大的同情,聆听本地参与者发言,他们公开讲述着今天乌克兰的生活问题,他们期待、嫉妒地看着西方邻居波兰。他们也批评波兰,尤其是那些来自波兰境内乌克兰裔少数派的代表们。我本人做了妥协,在我意外地被要求做出回应的时候(我被要求概括,波兰历史学家对乌克兰问题的态度在二十世纪七十和八十年代的演变)。我让每个人都失望了,因此也证实了,无处不在的理性人士对于诗人的负面看法,在过去的大约三千年间,他们一直都是很照顾诗人的。

翌日,在公开发表过他们对于乌克兰未来悲观的预测以及乌克兰加入欧盟的资格可能性之后,另一些会议嘉宾打包行李调头而去,主要是回德国和波兰去了,或许赶赴下一场关于欧洲紧急问题的重要国际会议。但我这才开始我的朝圣项目,带着它模糊的特权和义务。我终于发现,我身在一个对我来说最为特殊的地方,它是我的城市,但它已不属于我,我对它几乎一无所知,它是一个外国的城市,关于它我又知道得非常多，因此它最后多少有一点是我的。这就好像那个漂亮的说法"博学的无知"从书上跑下来，成了欧洲绿色地图上一个新伤口。但是，我应该做什么？在这样一个陌生的城市，朝圣者应该如何行事？毕竟，没有一种专门给出生于利沃夫的无知者阅读的导游手册。没有任何指南给像我这样的人，在利沃夫出生后仅仅生活了四个月而且对它一无所知———部日产照相机不能捕捉过去的时光，一幅战前的地图也不能告诉我关于今天的任何事情。

受到某种义务感的驱使，第二天我出发去了建在从前的奥萨林斯基国家学院对面的美术馆，我看了许多法国、意大利画家的作品，变暗的画布悬挂在未上漆的长墙上。显然博物馆没有钱——就像许多波兰国内的博物馆一样。我还看了大量十九世纪晚期和二十世纪早期波兰画家的作品。

在去美术馆的过程中，我一举一动完全像是在意大利或法国的小城：一个观光者。在整个时间里，我感到，在这里如此举止不是适当的方式。

一个尊重神话和记忆的人，正如我在利沃夫，就会陷于自恋性的幻想之中。他就像这样搜寻出黑暗与空落的地方，博物馆大厅或绿树成荫的公园。在五月阳光普照的大街，他对安逸感到不适，特别是在看着乌克兰人遍布大街的时候。这人群，有时年轻而无忧无虑，有时年老而饱经忧患，贫穷，有时穿着农民服装，而不是城市的时装，他们粉碎了你的幻想，打断你的沉思。这是一种特殊的处境：在这样一个城市，用曼德尔斯塔姆的诗句来说，"熟悉眼泪、静脉、孩子没肿胀的腺体"，另一方面，到处却是完全不同的、来自外国的人群。甚至与我所知道的也完全不同，我不能说我知道利沃夫战前的人群，但肯定不同于克拉科夫或华沙，甚至不同于格利维策人群。我沉浸在梦想里，走过大街，淹没在灿烂的阳光里。我在父亲给我的一幅战前地图上核对大街的名字，完全没怎么把那些新造的乌克兰专有名词当回事。德国的游客一定也是如此漫步在格但斯克或弗罗茨瓦夫，沉浸在梦想里，忽视眼前的城市。年轻的以色列人或犹太裔美国人，一定也是同样地走在克拉科夫的犹太人聚居区卡齐米日，寻找战前生活的痕迹，陷入白日梦。我们就像幽灵，焦急地将现在的、新的生活驱逐，远远的。因为在古老城市里的新生活给我们的印象就是不完美的、偶然的、暂时的，而且最后，是多余的。

在某种意义上所有这些寻找过去时光的梦想者——在这里的三天中，我也是他们中的一个，整天在利沃夫的街道和公园里行走——都是理想的保守者，他们完美地复制了保守者的无奈。他们寻求着某种不存在的东西，也许从未存在过的东西，而他们迄今还在美化这城市里追逐幻想的人群。他们在寻找更好、更美好的时代，甚至某个乐善好施的萨满也同意将他们渴望的东西复活五分钟，也就是，灾难前的生命，灾难前的人群、云彩、橱窗里的展示品、灌木丛，他们也会沮丧地叫喊道："哦，不，不是这个，以前远比这些了不起！"

我的魔术师——一个不同的、聪明的魔术师——出现在一个名叫安德烈·鲍力钦的乌克兰人身上，一家乌克兰杂志著名的年轻编辑，说一口流利的波兰语，并且对波兰文学有着丰富实用的知识。他主动提出为我带路，事实上，他带着我在利沃夫走街串巷大半天。他选择了一条迂回路线，经莱恰科夫与高堡，到中心广场附近的地区。在亚卡德米茨卡（这是战前的名称，而他居然也知道这些旧名称）他告诉我，本地一些哲学家习惯聚会的什科茨卡咖啡馆。片刻之后，我们经过一群说俄语的年轻人。安德烈说，这一定是来自波兰语学校的学生，他们常常在街上用俄语闲谈。他的知识帮助我回到大地上。我们看过兹比格涅夫·赫贝特曾经住过的莱恰科夫卡街五十五号。安德烈告诉我，曾经有人试图挂一个纪念牌匾。我们还去了皮亚什科瓦街——离莱恰科夫卡街只有几步远——看了曾经属于我的祖父的房子。如果我能做主，我更想看看格子窗帘、小边门、生锈的门把手、花园里的树。我不可能记得，那在大街上就可以看到、事实上已经属于另外某个人的财产，不记得我的老家，它其实隐藏在临街建筑的后面。换句话,我也许犯了一个典型的错误,那些依照旧导游指南、漫游在新城市的游客爱犯的典型错误,这些幽灵似的游客仿佛来自天上,即便到了一个错误的地方,有时也会欣喜若狂。但安德烈建议我们应该访问一下老房子;他按了门铃,通过对讲机,通报了我们的身份、意图。过了一会儿,一个年迈的女士,先是怀疑地打量我们,然后非常友好地让我们进入花园,进到房子里。

这样,我第一次从内部见到了传说中的老家;现在住着这位年迈的女士和她的儿子,一个皮肤科医生。这一切多亏我的向导(我以前也到过利沃夫,那时我是一个大学生,但我没敢敲老家的门)。

于是我懂得了有这样一个导游的重要性——聪明,精通各种新的现实,对于过去的一切也毫不含糊。一个救我们出离神秘主义迷雾的导游。

是的,我坐在飞机上想,我们应该访问神话般的城市,即使这意味着经历悲伤和难过。我们应该访问神话般的城市,因为它们是我们生命的轴线、生命的极点,突入了严寒的太空。我们一定要访问它们,但要在一个冷静、值得信任的向导陪伴下。

在利沃夫小小的机场,四座社会主义现实主义风格的砂岩雕塑向我告别——一个士兵、一个农夫、一个领航员、一个工人。他们立正于五月明亮的阳光下,像被遗忘的希腊史诗里的英雄。

克拉科夫智识区

许多欧洲（和北美）城市的构造都受一条神秘定律的规定，这条定律是我发现的，也许有一天会以我的名字命名。城市的东区往往具有无产阶级特性，而西区往往具有资产阶级特性，因而相对集中了知识阶层。只需看一下伦敦、巴黎、柏林的城市地图就会发现，我还只是列举了少数几个大都市。不是吗？同样的模式一再应验。在伦敦，每个人都知道，城市分东、西两极。在巴黎，富庶的第十六区在西边，比较卑微的第十二和第二十区在朝西的地方。不过，它的西郊区，比起东边相应的地区倒是安全和繁荣一些。西柏林在柏林墙建起之前很久就是城市更为富裕的一部分。这条规律也适用于华沙。

我曾跟一些博学的地理学家和社会学家交流，他们都不能解释这个现象。这个城市规划上的奇特之处，也许反映出按照东西轴线建造教堂的中世纪原则？

克拉科夫，一个比起我提及的那些庞然大物要小得多的城市，同样受到这条原则的影响。资产阶级和知识分子阶层，很久便平分了市场广场一侧的西部城区。在统一工人党统治时，这个地区变得更为灰暗，成为常见的导游书上难以界定的一个地区。对于克拉科夫的居民来说，他们不需要这种旅行指南，答案一直是、现在仍然是指"知识分子地区"。

市场广场以西：也就是从希夫斯卡大街，经普兰蒂花园到卡梅里茨卡大街和科若列夫斯卡大街，以及沿着这条轴线的两侧，直到沃拉·佳斯托夫斯卡大街。知识分子的公寓曾经隐藏、现在仍然隐藏在沿卡梅里茨卡大街两侧道路边安静的建筑里。主编耶日·图若维奇，明智而勇敢地主办一份天主教的报纸《普世周刊》五十多年，一直住在这里，直到去世。小说家和随笔作家汉娜·马列夫斯卡也住在这里。安德烈·基约夫斯基出生于此。哲学家罗曼·英伽登住在略远一点的地方。历史学家亨利克·维热钦茨基也是。作曲家瓦迪斯瓦夫·泽伦斯基不久前还生活在这里。还有许多人。谁又不曾间或在克鲁普尼察大街上的"作家之家"生活过呢？

画家兼作家斯坦尼斯拉夫·维斯皮安斯基也出生在那里。杰出的画家约瑟夫·梅霍夫尔与沃伊切克·韦斯都在克鲁普尼察生活过。罗斯特沃罗夫斯基一家都住在萨尔瓦托附近。

例外也有：波兰诗歌和波兰知识分子的首席代表，切斯瓦夫·米沃什住在离市场广场不远的地方，却是在东南边。诗人雷沙德·克利尼茨基和他的妻子、出版家克里斯蒂娜·克利尼茨卡住得甚至更远，在维斯瓦河对面的波德格日兹地区。

但还是让我们回到西区的话题吧：所有这些值得一提的地方，在纳粹占领和斯大林主义统治的岁月里，都曾被置于一片废墟之中，或至少完全被忽视的状态。

这就是为什么从一只冷静、客观的眼来看，这些家园和街道似乎不隐藏任何秘密的原因。当我的美国朋友爱德华·赫什一九九六年秋天来到克拉科夫为《纽约时报》采访维斯瓦娃·希姆博尔斯卡时，那时她刚获得诺贝尔奖——他把她住的地方（在科西姆斯卡大街）叫作"无产阶级的、没有特点的地区"。

没有特点。我有点生气并表示反对：我努力解释说，他没有发现它潜在的高贵性所在，某个窗户发出的美妙微光，他们的小停车场的迷人之处，某个庭院蕴含的可能性。

那时我就意识到，像我这样多年热爱克拉科夫的人，必须发展出一套认知体系。换句话说，我知道我看到了这个地区的可能性、潜力与本质，我知道在好的情况下它会变成怎样。我知道有多少真正伟大的艺术家曾经生活在这里（多年的邻居有作家柯内尔·菲利波维奇和导演塔丢施·康多尔；导演克里斯蒂安·卢帕显然也一直住在附近）。

我早已经从精神上将他们的天才和房子的不引人注目的灰泥联系在一起了。我也知道这个地区的往昔，我熟悉它的历史，我能想象它过去的魅力。同时，它的少数家园也能配得上今天的期待。甚至在斯沃瓦茨基大街转角著名的"教授之家"和大学职员们曾住过的洛布佐夫斯卡大街——因为其墙面镶嵌的是黑色瓷砖，所以它有个绰号叫作"棺材"——如今也混在那些平庸建筑之中。

我的美国朋友只看到真实存在的东西：有着倾斜的人行道的破旧街区，周围徘徊着醉汉的、需要重新粉刷的建筑物。而我在这里却看到诞生过许多新书、油画、演出的邻居。有时我也知道，或借助书本或借助更年老的表亲们的传说来想象，这些建筑物和花园曾经是什么样子，什么人曾经住在里面。但是，一个从另外一个冷静、拥有不同经验的地方初来乍到的人，只会看到那些破败、疲倦的事物。

庄严的、中世纪的、文艺复兴时期或巴洛克的克拉科夫是另外一个话题：教堂和宫殿庞大的形式不需要太多太难的想象力，它们日夜都在天空的衬托下，当太阳缓慢地落下时，清晰地呈现。但是它的智识地区，需要以不同的方式来认识。只有那些从前共产主义国家到访的人才能真正理解这一点，因为他们还记得某些城市或者也许只是某些地区，只有通过同情的想象力，借助基本的历史知识，才能最好地捕捉到它的真实：这样一些地方是逃避照相机的客观镜头的。

后来我想，我也许犯了一个错误，我对这个地区乐观的观察以及我对美国朋友不理解的反应，也许存在不属于偶然的光学或心理学现象的某些东西。

也许我们不只是在看待这些区域，也在看取我们的国家时，是如此温和宽大，以幻想放大了现实，有时通过内省的方式，强化了那个沉闷的外部世界。

也许这就是为什么我们会写诗。

灰暗的巴黎

每天在成千上万的镜头下（日本旅游者在桥上体验着机械化的永恒时刻），被来自世界各地的旅游者使用的照相器材贪婪地凝视消费着，巴黎，却一如既往……它继续存在，抵抗着一轮又一轮注视的目光。有一个无忧无虑的巴黎，它属于音乐、浪漫的快照：蒙马特尔台阶，落日照耀塞纳河新桥，卢森堡花园秋天的落叶，电影中浮华的巴黎。但是，还有另一个巴黎。

所有经过欧洲（或美洲）偏远地区来到这个城市的人，都会记得在朋友的家里，或是在拜访某个姑姑或叔叔时，混合了狂喜和轻蔑的情绪第一次见到巴黎相册时的感觉：圣路易岛上高高的屋顶、圣日耳曼教堂（这座罗马式建筑，因其名称又让人想起某种哥特式风格）、暗淡的塞纳河轻柔的波浪。

我们在浏览相册有一丝轻蔑的感觉，因为心中想到这个城市观光的渴望，混合了一种生动的感觉。这些照片，特意为我们这些外地人精心制作的照片，其实是一些典型的庸俗旅游图片。我不知道为什么但在精致的彩粉图片里总是一派秋天的景色，好像画册的作者都知道，十一月甜蜜的温暖气息，最喜欢留在法国的首都。

欧洲最著名的城市……它太有名，以致其他国家的初访者，因为看惯了电影、明信片、高耸的埃菲尔铁塔一派秋色的画册，真到了这里却很少感觉惊奇：我们知道这个地方，我们知道这个城市，我们会大声地说。我们知道那座铁塔、巴黎的屋顶、修剪整齐的梧桐树枝、生长着两株桐树的小梯形广场。我们知道靠近豪斯曼华丽建筑物的咖啡园和小民居。我们知道地铁线，在那里冬天的下午，你能直接看见陌生人的公寓，以及拿破仑帝国时代的大厦墙面。

再能如何拍摄巴黎——在这一切之后！在画家已经画过那么多油画与素描之后，在摄影家之后，在那么多纪实与作家之后！在瓦尔特·本雅明与保罗·莱奥托德之后！再拍巴黎，这是可能的么？

显然可能。只是首先你得要试着并最终有一个"视点"，不仅仅有才能和优良的照相机。

在我面前是波格丹·科诺普卡①拍摄的我所熟悉的巴黎照片。

只看一眼，我似乎难以相信——我不认识这些房子、这些庭院，我不知道这废弃的铁路或撒满雪花的公园。协和广场在哪里？圣日耳曼林荫大道在哪里？我喜爱的书店在哪里？生长着年轻椴树的皇家花园在哪里？它们不在这里，我只看到贫弱的小街道、损坏的房屋、难看的楼梯井。最主要的，我没有看到巴黎辉煌的光，借助它，大西洋的气候回报给巴黎雨水、高耸的积雨云，提供整个冬天、春天和秋天的潮湿和寒冷。波格丹·科诺普卡的摄影，显示出一个褪色的城市；矛盾的是，其中也有一些秋天的图画，如我上面提到的更传统的画册。但是，在这里，街道上沉默、暗淡无光的静物代替了金黄的落叶与微妙的影子：这是一个真实的、衰败的十一月。

我完全能够想象巴黎崇拜者的愤怒，无论他们是法国人还是外国人。光在哪里？艺术桥在哪里？我们能听到他们愤怒的声音：这个摄影家完全被恶意所驱使。他来自某个黑暗国家的小城市，甚或来自一个小而黑暗的国家某个小而黑暗的城市，他想剥去巴黎壮丽的光芒，它明亮的砂岩柱，它刚刚擦净的万神殿，它美丽的大街，卢浮宫前的金字塔，它宏伟壮观的博物馆。

照片的作者因此需要辩护吗？又该是怎样的辩护词？

我看到几行潜在的辩护词。首先，辩护律师可能求助于今天占主

---

① 波格丹·科诺普卡（1953— ），波兰摄影师、艺术批评家。

流地位的摄影美学准则,它沉默的情绪,以及它独特的"邋遢主义",就是说,在主观事物和形式表现方面,对"丑"的迷恋——这似乎是当今艺术摄影最主要的特征。最主要的动机当然是抵抗商业摄影:在商业摄影中,美已经被绑架,被从事摄影的精巧工匠、时尚摄影家、流行妇女杂志的封面制作者所诱拐。他们并不缺乏对于美感的寻求:每期《爱丽》或《时尚》杂志都骄傲地展示着可爱少女、可爱的家、可爱的春天小鸟滑翔草地的照片。

辩护律师也许可以将时代的美学考虑进去。这不会构成对于科诺普卡作品的损害。承认他本身的历史时刻的规范,丝毫无损于他。

但是,辩护还可以进一步。它必须证明还有别的冒险因素。波格丹·科诺普卡对这个城市的贡献,在于他给我们提供了另一个巴黎,一个有庭院和灰暗楼梯井的巴黎,一个有着阴暗下午的巴黎。通过唤起所有美丽与丑陋的城市之间隐秘的兄弟之情,他将巴黎从它的孤立之中解放出来。这种孤立是由它自身在欧洲显赫、独特的地位带来的。因为,一个人怎么能够像平日那样正常地生活、正常地死在一个只能从最好的、最闪光的角度被展示出来的、唯有最帝国式的最优雅的堂皇之光的巴黎?

任何一个乘车穿越过捷克共和国、波兰或德国东部的人,肯定都见过无限悲哀、灰暗的大、小城市。显然,巴黎跟它们不同,全然不同——然而,科诺普卡以他相机平静的声音告诉我们,走近看看某个巴黎人的邻居、街道和庭院。你会洞察它们,如同看见那存在于古老的马赛克、米科洛夫和比尔森的碎片、米斯伦尼斯和东柏林的碎片里的东西。这不是冒犯君主的罪,不是有图谋的暗杀;不,只是努力去发现这伟大的都市与一个欧洲边缘小城之间的共同点。这只是一次尝试,试图在恭顺、平凡之物与帝国的荣耀之间,架起一座桥梁。

观看这些照片时,我也注意到,没有任何豪斯曼爵士通过巨大努力建立起来的巴黎的痕迹(我应该承认,这个巴黎以其资产阶级的匀整的建筑物,旨在提供给公证员、内科医生、工程师、律师、药剂师和牙科医生坚固住房的建筑物，不时令我不快）。我们在这里讨论的，是前豪斯曼和后豪斯曼的巴黎，一个有着现代的混乱，同时也还保留着中世纪的自然建筑痕迹的城市（就像在旧巴黎幸存的小岛上）。

　　最后——就像科诺普卡的辩护律师可能得出的结论——巴黎的灰暗，也许反映某种难以表达，甚至耻于表达的幻灭感，它在米沃什的作品里有充分的描述。当然，人们仍然着迷于那些真实迷人的事物，而且他们还会一如既往继续他们的巴黎朝圣之旅。但是，他们也感到了某种欠缺。这城市仍然存在。当然，它屹立着，安德烈·马尔罗洗净了它，新的博物馆与纪念性建筑提升了它，但是，曾经主导这座城市、将年轻作家和艺术家从世界各地吸引到这里的智慧之光——耶日·斯德姆坡夫斯基悲哀地感叹过的"中心实验室"已经关门打烊——它已经暗淡、消退，甚至连照相机的镜头也已习惯调节到另外的参数值。波格但·科诺普卡拍摄的，是巴黎的图像，不是它的神话。

年轻诗人们,请阅读一切

我感觉到这里至少存在一种危险。谈论阅读方法,或是提供一个"好读者"的肖像,我并非有意给人这样的印象,表明我是一个完美的读者。事实并非如此。我是一个混乱的读者,而且在我的教育里存在的漏洞,比瑞士的阿尔卑斯山还要巨大。我的话因此应该被看成属于梦想的领域,一种个人的乌托邦,而不应被看成是在描述我的优点之一。

混乱地阅读!不久之前,我打起行装,到瑞士的日内瓦湖附近过暑假。让我们来看看我随身携带的书籍吧。我也许应该带上让·雅克·卢梭、拜伦、斯达尔夫人、尤利乌什·斯沃瓦茨基①、亚当·密茨凯维奇、吉本和纳博科夫,因为他们都以这样或者那样的方式与这片著名的湖泊有着一些联系。但事实上旅行中他们的书我一本也没带。我在书房的地板上看到雅各布·布克哈特②的《希腊和希腊文明》(是的,英译本,淘于休斯顿一家半价书店);一册爱默生的随

---

① 尤利乌什·斯沃瓦茨基(1809—1849),波兰浪漫主义诗人。他被认为是波兰文学、浪漫主义时期的重要人物,现代戏剧之父。他的作品往往具有斯拉夫神话、波兰历史、神秘主义、东方元素。他曾短暂为波兰王国政府工作。在1830年波兰起义中,他是波兰革命政府信使。起义失败后流亡巴黎,后来到日内瓦。他还走遍意大利、希腊和中东。最后又回到巴黎,在那里度过生命的最后十年。

② 雅各布·布克哈特(1818—1897),生于瑞士巴塞尔,杰出的文化历史学家,研究重点在于欧洲艺术史与人文主义。19世纪杰出的文化史、艺术史学家。一生勤奋,著述甚多。主要历史著作有《君士坦丁大帝时代》《意大利文艺复兴时期的文化》《希腊文化史》。

笔选集、波德莱尔的法语诗歌、斯蒂凡·格奥尔格①诗歌的波兰语译本、汉斯·尤纳斯②论述诺斯替教的经典著作（德语版）、兹比格涅夫·赫贝特的一些诗歌，以及胡戈·冯·霍夫曼斯塔尔大部头的作品集，内含他一些非凡的随笔作品。这些书，有的属于巴黎不同几家图书馆。这表明我是一个相当神经质的读者，常常不愿买书读，而更喜欢从图书馆借书，好像阅读那些不属于我的书交给我额外的自由度（图书馆——这是社会主义者的计划中唯一取得成功的领域）。

而我为什么要阅读呢？真的有必要回答这个问题吗？在我看来，诗人们似乎是为了完全不同的理由阅读，有些理由非常简单，跟其他普通人的动机没有什么不同。但是，我们的阅读主要在两种情形下显示出不同：为了记忆和狂喜。我们阅读，为了记忆（知识、教育）因为我们对在心智打开之前前人创造的很多事物感到好奇。这就是我们称之为传统的东西——或者就叫历史。

我们也为狂喜而阅读。为什么？没有特别的理由。因为书籍不仅包含智慧和秩序井然的信息，也包含了类似于舞蹈和萨满教的醉态般的一种力量。这在（某些）诗歌里尤其如此。因为我们自己也亲身体验了那些奇特的时刻，其时我们被一股力量驱使，它要求严格的顺从，而有时，虽然并非总是，它像火焰留下灰烬那样，在纸上留下黑色的斑点（"使纸变黑"，就如法语里对写作这一高贵行为的说法）。一旦你体验到狂喜的写作的时刻，就会像一个上瘾的吸毒者那样渴求更多。为了它，你什么都愿去做；阅读也就不会像是一种过分的牺牲。

---

① 斯蒂凡·格奥尔格（1868—1933），德国诗人、翻译家。
② 汉斯·尤纳斯（1903—1993），德国哲学家。出生于门兴格拉德巴赫一犹太人家庭。1921年起先后师从于胡塞尔、海德格尔、鲁道夫·布尔特曼等著名教授。1933年迫于排犹浪潮被迫离开德国，辗转于伦敦、巴黎等地，二战期间曾参加英军。战后移居北美，任教于多所院校，1993年2月5日逝世于纽约。代表作品为《责任命令》《诺西斯与后期古典精神》《生命现象》等。

我读的书——如果有人要求或需要我坦言之——可归为两类，即为了记忆而读之书，和为了狂喜而读之书。到了深夜就不能阅读狂喜之书：失眠会接踵而至。睡觉前你可以阅读历史，而把兰波留给正午去读。记忆和狂喜之间的关系是丰富、诡异和迷人的。有时，狂喜生发于记忆并像森林之火那般蔓延——一个人贪婪的眼睛所读到的一首十四行诗，也许引燃一首新诗的火星。但记忆和狂喜并不总是重叠。有时，一个无趣的海，把它们隔开。

有一些学者，他们的记忆力惊人的巨大，但他们很少产出什么。有时，在图书馆里，你看到一个打着蝴蝶结的老人，因岁月的重负已经佝偻。你会想：这个人知道一切。这样一些上了年纪、戴着厚厚的眼镜的读者，的确知道很多（尽管也许不是前天你见过一次的身材矮小的老人）。但是，这是缺少创造性的类别。在这个范围的另一端，我们经常看到迷恋于说唱乐的年轻人，但我们不能指望从这种特殊的激情里收获丰富的艺术成果。

显然，记忆和狂喜强烈地彼此需要。狂喜要求一点知识，而当记忆被抹上感情的色彩，它就什么也不会失去。阅读对于我们太为重要了——"我们"是指诗人，但也指那些喜爱思考和沉思的人——因为我们的教育一直都是不完善的。你们所上的开明学校（或者如我曾经学习过的学校）对于经典著作关心甚少，对于现代的大作甚至更少兴趣。我们的学校自豪于流水线生产那种巨型动物，制造一个由骄傲的消费者组成的新社会。的确，我们不像十九世纪的英国（或法国、德国，甚至波兰）那些青少年，受尽摧残：我们无须背诵全部维吉尔与奥维德。我们必须自我教育；在这方面的区别，比如某个人，像约瑟夫·布罗茨基，十五岁失学，于是开始抓到什么学习什么，而另外一个人，成功地完成现代美国教育的所有课程，包括一个哲学博士学位，却很少涉足常春藤联盟安全范围之外的任何领域，对此无需太多评论。我们主要是在校园之外和在走出校园之后进行阅读。我所知道的一些美国诗人，读书广泛，但我清楚地看到，他们是在学业完成与步入中年的间隔时段,获得他们良好的知识结构。大多数美国的大学毕业生知道得相当少,比他们同龄的欧洲学生少得多,但他们中的很多人,在接下来的几年中,都弥补了这个欠缺。

我还有一个印象,很多年轻的美国诗人,他们今天的阅读范围相当狭窄;他们主要是读诗歌,而不读太多别的东西,也许除了一点批评文章。诚然,阅读自荷马到兹比格涅夫·赫贝特、安妮·卡森的诗歌,一点问题没有,但是,在我看来,这种阅读模式还是太专门化了。这就像一个学习生物学的学生对你说:我只读生物学的书。或者一个年轻的天文学家只读天文学。或者一个运动员只读《纽约时报》的体育专版。只读诗歌,并不是十分可怕的错误——但是,在实践上,就有一点过早职业化的阴影,会导致肤浅的阴影。

"只读诗"意味着某种刻板而疏离当代诗学实践性质的倾向,以为诗歌已与哲学的中心问题无关、与历史学家的焦虑无关、与画家的困惑无关、与诚实的政治家的疑虑无关,就是说,无涉于更深、更普遍的文化来源。一个年轻诗人安排阅读的方式,实际上对于他处理诗歌在各种艺术中的位置非常关键。它可能决定诗歌——而不仅是对某个个体——是否是一种主要的训练(即便是那些只为愉快而阅读的少数人),是否能够对某个特定历史时刻的关键冲动做出反应,或者只是当作一种感兴趣的苦差事,出于某种原因,继续吸引着一些不快乐的爱好者。

或许也可以反过来说。我们的阅读模式反映出我们更深刻的,也许不是全部有意识的,关于诗歌的中心——或边缘——问题的结论。我们满意于专家的胆怯的方法,满意于那些谨慎、狭隘的对文学关系的理解么?特别是,我们能满意于那些把自己限定在讲述一些心碎故事的作家的理解么?还是更愿意阅读那些奋力思考、歌唱、冒险,更热情而大胆地拥抱我们的时代越来越稀薄的人性(也不忘记讲述一些心碎的故事)的诗人?所以,年轻诗人们,请阅读一切,阅读柏拉图和奥尔特加·加塞特,贺拉斯和荷尔德林,龙沙和帕斯卡尔,陀思妥耶夫斯基和托尔斯泰，奥斯卡·米沃什①和切斯瓦夫·米沃什，济慈和维特根斯坦，爱默生和狄金森，T. S. 艾略特和翁贝托·萨巴②，修昔底德和科莱特③，阿波里奈尔和弗吉尼亚·伍尔夫，安娜·阿赫玛托娃和但丁，帕斯捷尔纳克和马查多，蒙田和圣奥古斯汀，普鲁斯特和霍夫曼斯塔尔，萨福和希姆博尔斯卡，托马斯·曼和埃斯库罗斯，阅读传记和各种论文，阅读随笔和政治分析性文章。阅读你们自己，为灵感阅读，为你们头脑里甜美的混乱阅读，为质疑与虚弱而读，为绝望和博学而读，阅读愤世嫉俗的哲学家，如齐奥朗，甚至施米特枯燥、冷嘲的评论，阅读报纸，阅读那些敌视、驱逐或者只是忽视诗歌的人，并且试着理解他们为什么那么做。阅读你的敌人也阅读你的朋友，阅读那些强化你的关于诗歌发展观念的人，也阅读那些你还不能理解其黑暗、恶意与疯狂的人，因为只有这样，你才能成长、超越自己，并成为你自己。

---

① 奥斯卡·米沃什（1877—1939），出生于立陶宛的诗人、小说家、剧作家，后定居法国。他是著名诗人米沃什的一个远房表亲。

② 翁贝托·萨巴（1883—1957），意大利语诗人。出生于的里雅斯特。母亲是犹太人。二战时四处躲藏，逃避迫害。毕生受精神疾病之苦，擅长于抒情、简朴的自传诗。

③ 加布里埃·科莱特（1873—1954），法国小说家。她出版过五十余部小说，多带有自传色彩，其基调大致可分为牧歌式的自然，与情欲挣扎、内心纠葛两类。风格细腻入微，且有惊人的直率。她最出名的作品《吉姬》，多次被改编为电影、舞台剧。她的一生充满争议。但在1954年去世时，她仍获得了法国国葬待遇。

波兰语写作

朋友们有时问我：为什么不用英语写作？或者，如果是在法国，为什么不用法语？他们显然认为，如果改变语种，我会受益良多，因此最好是使用一种世界性语言，而不是一种地方性语言。原则上，我同意；用一种更加广泛使用的语言（要是我能就好了！），当然会更方便。这使我想起一则有关萧伯纳的轶事。在跟亨利克·显克维奇通信时，萧伯纳表示，他不理解波兰人为什么不采纳俄语作为自己的语言。爱尔兰人就接受了英语并且使用得十分出色！的确如此。

用波兰语写作，在十九世纪国家被分割时，是一种爱国行为，因为波兰语的生存受到了严重威胁，尤其是在俄语通行的地区。如今，没有人会问自己这个问题，一个出生在格但斯克的年轻诗人，即使他相当清楚城市的过去——这在当前是相当普遍的，他也不会问这个问题：应该用哪种语言写作。他根本不想知道波兰语之外还有其他语言。唯有像我这样，多年生活在国外，才可能遇到这样——或许算是天真的——语言选择的问题。

如果用波兰语写作，这就意味着你要接受波兰历史赋予的全部复杂的遗产。一个用法语写作的人，他的写作有意无意都会带上讽刺和优雅以及一点诗意，不只成为蒙田与帕斯卡尔的继承人，也会带上一些路易十四的特点，或至少是其宫廷的氛围，俏皮的谈吐，凶恶的名句，对道德的关注，以及革命的蛊惑。而用波兰语写作的人，其血液和墨水中流淌的则是另外的基因，十八世纪社会体系的崩溃，被分割的不幸，起义失败的不幸，以及我们的国家长久而戏剧性地存在的脆弱性；以一种也许不够正直与冷静的方式，这基因会转化为一种幻想的怪物，容易成为一个受膜拜的对象（如在十九世纪三十年代的《对立之歌》一剧中那样，或类似于一种法国式热情）和蔑视的对象（如俾斯麦和德国或俄罗斯民族主义者所代表的种种）。波兰像植物般生长于欧洲的想象中，有点像托马斯·曼的小说《死于威尼斯》里可爱的塔齐奥——美丽，纤美，难以理解，天真。或者相反，它常被视为一个落后、肮脏、醉醺醺的国家（例如，在歌德对波兰旅途的简略记叙里，它是由克拉科夫中心广场的一块牌匾而被纪念的）——这是一个应该尽快被制服的国家。要么美女，要么野兽，没有两可。即使是在今天，波兰人似乎也需谨慎，但最好保持最大的好奇——倾听来自西方大城市里的关于波兰人的看法。

现在还有另一个极重要的问题：波兰人是第二次世界大战中的英雄吗？那些与坦克作战的训练良好的长矛骑士，不列颠之战中表现英勇的飞行员，出类拔萃、百折不挠的抵抗战士，进攻意大利卡西诺山的刚毅无畏的士兵。要不，就像在一本著名的美国连环画里那样，波兰人被描绘成最原始的反闪米特人的小猪猡。美女还是野兽？绅士还是不洁的猪？最后还有：他们是否经历斯大林主义时期而没有把自己弄脏，一直都在对抗和破坏莫斯科施加于他们的制度？某种程度上，他们就是如此自我评价的。或者，他们是否一直在卑躬屈膝地与它合作，就像所有那些被征服的国家？直到今天，波兰人对于自己经历的炼狱，也没有形成共同的意见；前一段时间，有一个重要的历史学家出版了一本书，题为《波兰人的伟大世纪》，她在书里讲的全是政治上不存在的时代，讲的是十九世纪。该书基于一个假设，即所有分散在欧洲各处的波兰难民——诗人，思想家，史学家和政治活动家——他们狂热的智力活动，补偿了国家主权的缺失。这是真的吗？

在许多回顾二战和战后岁月的回忆录中，波兰读者所寻求的，不仅是某一个人命运的轮廓，也是有关"我们是谁"这一问题的答案。这种关切也被波兰作家感知到了——不只是那些回忆录的作者，也包括那些杰出的文学天才;维托尔德·贡布罗维奇全部的写作,就是这种不安的回响。

从任何西欧的角度,都将很难想象波兰历史所穿越过的地狱景象。比如,无疑是养尊处优惯了的德军摄像师记录的时刻——幸存的华沙人口,缓慢行进的男人、妇女、儿童和老人组成的看不到尽头的队列,在一九四四年秋天起义失败后,正在离开化为废墟的城市,这些都是属于过去一个世纪里,最为可怕的图像集的丰富内容。城市平民温顺地放弃自己的城市,一个欧洲国家的首都,任其留在废墟中——还有什么比这更可怕的吗?(也许,唯有在这同一座城市,在一九四三年犹太人聚居区存在过的集中营、毒气室、毫无希望的起义所代表的那种恐怖)。

这特殊的时刻,也成为波兰作家在战争结束后,立即进行的一场看不见的辩论的参照点。当然,他们并不像专业的历史学家那样参与辩论——他们没有辩论过失的问题,华沙起义责任的问题,他们没有分析军事和政治的局势,但是,文学的零度,超过罗兰·巴特学术随笔里陈述过的痛苦,却在很长一段时间里,给波兰作家的想象力以重大影响。不仅是影响,它被吸收,并成为一个永久的构成要素;波兰文学的想象,踏上了属于自己国家的地狱的经验。

无需任何学究式的提醒,在斯大林主义统治的那些年,没有任何根本的改善;当然,恐怖——如果与纳粹恐怖相比——的确是大大减轻了,而且社会中相当大一部分人相信,即便是在残暴的统治下,国家的重建仍然是一个值得称赞的承诺,不能拖延到一个可能的、更好的时代,但是,也仍有一些难免辛酸的经历。那个时期,经济上可笑的浪费与无所不在的秘密警察,它们的存在决不允许人们忘记,整个事业的实质,更近似于一出荒谬剧,而非一个合理政府的所作所为。

时代的无情,及其补偿性的轻浮,意味着今天年轻的一代,熟悉后现代主义理论并充分意识到文本陷阱的年轻一代,已经忘记了所有那些恐怖;不能不说,就波兰战后文学的根本性质而言,在做出积极回应方面，有负于那一时刻——华沙人被迫离开化为废墟的城市那一刻。今天的年轻作家，首次发表作品不久就可能被人记住，但对我以及出生于战后的我的同代人而言，生满杂草的房屋废墟，就像哥特式修道院遗迹对于浪漫主义者一样充满诱惑，既包含宝藏也富于危险，它们构成了我们童年深爱的自然景观，也激发了我们最初的灵感。

在过去的六十年里——既包括在波兰国内，也包括在移民中，因为任何在克拉科夫读中学的学生都知道，产生于巴黎、阿根廷或加州的波兰文学，与在波兰国内一样多——写作很少是纯学术、理智、无血性或边缘性的职业；它很少只是为了美的追求、为了福楼拜式与语言的搏斗，或者仅仅为了某个单一经验的详细记录。它最像一种咆哮，装满了炭的陶炉，诗歌和散文的容器在其中被加热到一个很高的温度，显示出见证者和好奇心的洞察。写作具有巨大的重要性，它提出与整个社会有关的、涉及存在主题的宏大而庄严的论题。悖论的是，辩论的参与者们——维托尔德·贡布罗维奇，耶日·斯蒂姆坡夫斯基、切斯瓦夫·米沃什、亚力山大·瓦特、约瑟夫·恰普斯基（作家、画家），兹比格涅夫·赫贝特、古斯塔夫·赫尔林·格鲁德钦斯基①和耶日·基德罗茨，我只是提及这些"巨人"中的少数——都反抗它，根本没有想要它；他们对更伟大，普遍的主题和趋势更感兴趣，包括形而上的问题，但他们只能千辛万苦地，从政治与集体的土壤里生长的灌木丛中，开辟他们的道路。我几乎无须多说，他们都是一流的作家，而我们所谈论的，也不是一群理论家，而是文学艺术的大师。

离开这样的背景，是无法理解波兰文学的；显然，不再像在古老的日子里那样，文学就是贵族们坐在高楼大厦里，读着普鲁塔克和维吉尔写下的文字，而且，这样的收获曾是在快乐中完成的，是一项沉

---

① 古斯塔夫·赫尔林·格鲁德钦斯基（1919—2000），波兰作家，新闻工作者，以揭露古拉格的纪实作品著名。

浸于悠闲的工作。在大危机时刻达到成熟的一代，那些伟大的无名之辈，他们流落在世界各地，并依靠奋斗在极其困难——经济和精神双重困难的——条件下幸存了下来，在巴黎人的蔑视中，也在其他左派的冷落声里；然而，它的确成功地创造了波兰现代文学的感性基础。以一种普遍而非地方性的方式，它成功地创造了与历史的威胁相匹配的文学模式。它也缝合了希望最深的断裂，避免了过于廉价的慰藉。

最近，作家、作曲家齐格蒙特·麦切尔斯基①的遗作《日记》出版了，其中有一段，清楚描述了在铁幕背后作者所处的困境："在西方，我无疑被看作'一个揭示黑暗事物的作家'，一个吹响悲观主义号角的作家，预告欧洲的末日、人类愚蠢的徒劳以及我们这个物种全部进化的终结。然而，在这里，在这智力和经济的失事地点，我在鼓吹讴歌道德和存在意义的小号。"

诗人所起的主要作用，往往移交给了小说家甚或哲学家，这一情况是非常突出的；然而，在波兰，诗人们并不为现代主义美学教义的种种禁欲处方所困扰，没有撤退到炼金术式的隐喻所属的隐居处，而是怀抱巨大的热情，致力于研究世界的种种疾病——从与其工作相伴的兴趣来看，他们做出了不错的选择。切斯瓦夫·米沃什的《道德论》，在斯大林主义最压抑的时期，在课桌底下被学生们阅读。亚当·瓦日克②的诗作《给成年人的诗》在一九五五年出版，引发了全国性的辩论，并对政治解冻的成功做出了贡献，而兹比格涅夫·赫贝特的《科吉多先生的嫉妒》，这首悲伤诗人写下的，看不到改变的希望，看不到专制结束之日的诗，几乎成了七十年代和八十年代抗议运动的圣歌。诗人们成功地吸引了更广泛的公众，却又没有降低他们的艺术标准。

我深信，如果没有那一代"巨人们"的活动，在今天，以波兰

---

① 齐格蒙特·麦切尔斯基（1907—1987），波兰作曲家、作家、音乐批评家。
② 亚当·瓦日克（1905—1982），波兰诗人、散文家。

语写作要困难得多。或许那一代人留下的唯一的问题是，他们的伟大和高尚思想，有效地使其继承人不可能上演一出俄狄浦斯喜剧，其中涉及代际之间的冲突，下一代烧毁父亲的肖像。你怎么可能反抗如此壮烈地追寻真理的烈士，如此出色地为时代作证的人？他们的写作太辉煌了。

还存在另一个问题，源于这样一个事实，在某种程度上，这一代人的写作"与一种观念相关"；在与意识形态的斗争和争辩过程中，孤注一掷地捍卫陷于危险中的人性，他们不得不从智力上，集中力量以抓住世界，而忽略了潜在地无限多样的人类状况，不再是由于外部、敌对的因素，而是由于世界无情的，它固有的不稳定所导致的状况。

第三个，也是最后一个问题：波兰文学与现代历史紧张的争辩，意味着它不得不在某种程度上忽视我们称为之为"纯粹"、"原初"的想象力。事实上，这一代作家，亚力山大·瓦特，切斯瓦夫·米沃什意识到了这个困难，他们常常谈及深入至本体论层面的必要性，简而言之，就是要处理宗教问题（即，根本问题），而这在今天却往往被视为过时。

任何试图以波兰语写作的人，都面临着新的威胁。众所周知的"常态"，它是很难界定，但中东欧的公民长久以来梦寐以求的情形，终于得以实现了，在文学上也是如此。"凡俗"现在被允许——你可以写得很轻，可以写得琐碎，完全只写自己那点事，或确实只写自己喜欢的东西（但主要是关于自己）；在某种意义上说，"意外取得的"民主对于极权主义的伟大胜利，也可以看作是常识对于极权主义谎言的胜利——谎言是极权主义的本质，而民主并不能保证谁免于粗俗。

中间一代和更为年轻一代的波兰作家，虽然他们并不一定要意识到这一点，他们仍然行走在"巨人们"为他们撑起的伞下。然而，在文学里，这把伞虽然可以保护他们免遭雨淋，却关闭了头顶的星空，因此，无人知道这样的时期，会持续到什么时候才会结束。

波兰语写作——但是，用什么语言写作真的那么重要吗？任何一种语言，只要用得好，难道不是一样能够打开通往诗歌的门，向我们揭示世界吗？写作的人通常独坐，面对蛮横地反盯着他们的空白纸或暗淡的电脑屏。他们都是孤独的，如果不计这样的事实，即他们为他人而写作，而不是为自己。既受益于传统的鼓舞，又承担其妨害，那些已逝者声音的喧哗，他们试图深入到未来的年代，现在却保持沉默。他们想要表达的思想，似乎属于任何一种语言，他们内在的吼声像是火、风和水之外的一个元素。

作家是孤独的，表达喜悦或悲伤。他的探索的见证者，既不是护照办理处，也不是大学的文法专家，只是太阳和死亡——这两种力量，用拉罗什富科的话说，我们都不能正视。

"蓝色东欧"译丛（部分书目）

第一辑

- **《石头城纪事》**（小说）
  【阿尔巴尼亚】伊斯梅尔·卡达莱 著　李玉民 译

- **《错宴》**（小说）
  【阿尔巴尼亚】伊斯梅尔·卡达莱 著　余中先 译

- **《谁带回了杜伦迪娜》**（小说）
  【阿尔巴尼亚】伊斯梅尔·卡达莱 著　邹琰 译

- **《石头世界》**（小说）
  【波兰】塔杜施·博罗夫斯基 著　杨德友 译

- **《权力之图的绘制者》**（小说）
  【罗马尼亚】加布里埃尔·基富 著　林亭、周关超 译

- **《罗马尼亚当代抒情诗选》**（诗歌）
  【罗马尼亚】卢齐安·布拉加等 著　高兴 译

第二辑

- 《我的疯狂世纪（第一部）》（传记）
  【捷克】伊凡·克里玛 著　刘宏 译

- 《我的疯狂世纪（第二部）》（传记）
  【捷克】伊凡·克里玛 著　袁观 译

- 《我的金饭碗》（小说）
  【捷克】伊凡·克里玛 著　刘星灿 译

- 《一日情人》（小说）
  【捷克】伊凡·克里玛 著　高兴、杜常婧 译

- 《终极亲密》（小说）
  【捷克】伊凡·克里玛 著　徐伟珠 译

- 《等待黑暗，等待光明》（小说）
  【捷克】伊凡·克里玛 著　杜常婧 译

- 《没有圣人，没有天使》（小说）
  【捷克】伊凡·克里玛 著　朱力安 译

- 《花园里的野蛮人》（散文）
  【波兰】兹比格涅夫·赫贝特 著　张振辉 译

- 《带马嚼子的静物画》（散文）
  【波兰】兹比格涅夫·赫贝特 著　易丽君 译

- 《海上迷宫》（散文）
  【波兰】兹比格涅夫·赫贝特 著　赵刚 译

- 《父辈书》（小说）
  【匈牙利】瓦莫什·米克罗什 著　许健 译

第三辑

- 《乌尔罗地》（散文）
  【波兰】切斯瓦夫·米沃什 著　　韩新忠、闫文驰 译

- 《路边狗》（散文）
  【波兰】切斯瓦夫·米沃什 著　　赵玮婷 译

- 《第二空间——米沃什诗选》（诗歌）
  【波兰】切斯瓦夫·米沃什 著　　周伟驰 译

- 《无止境——扎加耶夫斯基诗选》（诗歌）
  【波兰】亚当·扎加耶夫斯基 著　　李以亮 译

- 《捍卫热情》（散文）
  【波兰】亚当·扎加耶夫斯基 著　　李以亮 译

- 《索拉里斯星》（小说）
  【波兰】斯塔尼斯瓦夫·莱姆 著　　赵刚 译

- 《遗忘的梦境——查特·盖佐短篇小说精选》（小说）
  【匈牙利】查特·盖佐 著　　舒荪乐 译

- 《流星——卡雷尔·恰佩克哲理小说三部曲》（小说）
  【捷克】卡雷尔·恰佩克 著　　舒荪乐、蒋文惠、程淑娟 译

- 《神殿的基石——布拉加箴言录》（箴言）
  【罗马尼亚】卢齐安·布拉加 著　　陆象淦 译

- 《十亿个流浪汉，或者虚无——托马斯·萨拉蒙诗选》（诗歌）
  【斯洛文尼亚】托马斯·萨拉蒙 著　　高兴 译

第四辑

- 《耻辱龛》（小说）
  【阿尔巴尼亚】伊斯梅尔·卡达莱 著　　吴天楚 译

- 《三孔桥》（小说）
  【阿尔巴尼亚】伊斯梅尔·卡达莱 著　　施雪莹 译

- 《接班人》（小说）
  【阿尔巴尼亚】伊斯梅尔·卡达莱 著　　李玉民 译

- 《绝对恐惧：致杜卞卡》（小说）
  【捷克】博胡米尔·赫拉巴尔 著　　李晖 译

- 《严密监视的列车》（小说）
  【捷克】博胡米尔·赫拉巴尔 著　　徐伟珠 译

- 《雪绒花的庆典》（小说）
  【捷克】博胡米尔·赫拉巴尔 著　　徐伟珠 译

- 《温柔的野蛮人》（小说）
  【捷克】博胡米尔·赫拉巴尔 著　　彭小航 译

- 《无常的夏天》（小说）
  【捷克】弗拉迪斯拉夫·万楚拉 著　　张陟 译

- 《赫贝特诗集（上、下）》（诗歌）
  【波兰】兹比格涅夫·赫贝特 著　　赵刚 译

- 《垃圾日》（小说）
  【匈牙利】马利亚什·贝拉 著　　余泽民 译

第五辑

- 《壁画》（小说）
  【匈牙利】萨博·玛格达 著　舒荪乐 译

- 《鹿》（小说）
  【匈牙利】萨博·玛格达 著　余泽民 译

- 《两座城市：论流亡、历史和想象力》（散文）
  【波兰】亚当·扎加耶夫斯基 著　李以亮 译

- 《另一种美》（散文）
  【波兰】亚当·扎加耶夫斯基 著　李以亮 译

- 《思想的黄昏》（随笔）
  【罗马尼亚】埃米尔·齐奥朗 著　陆象淦 译

- 《着魔的指南》（随笔）
  【罗马尼亚】埃米尔·齐奥朗 著　陆象淦 译

- 《乌村幻影》（小说）
  【罗马尼亚】欧金·乌力卡罗 著　陆象淦 译

- 《裸浴场上的交响音乐会——罗马尼亚20世纪小说精选》（小说）
  【罗马尼亚】诺曼·马内阿等 著　高兴等 译

- 《我行走在你身体的荒漠——立陶宛新生代诗选》（诗歌）
  【立陶宛】阿纳斯·艾利索思卡斯等 著　叶丽贤 译

- 《魔鬼作坊》（小说）
  【捷克】雅辛·托波尔 著　李晖 译

第 六 辑

- 《简短，但完整的故事》（小说）
  【波兰】斯瓦沃米尔·姆罗热克 著　茅银辉、方晨 译

- 《三个较长的故事》（小说）
  【波兰】斯瓦沃米尔·姆罗热克 著　茅银辉、林歆、张慧玲 译

- 《挑衅以及其他故事》（小说）
  【阿尔巴尼亚】伊斯梅尔·卡达莱 著　李焰明 译

- 《娃娃》（小说）
  【阿尔巴尼亚】伊斯梅尔·卡达莱 著　张雯琴、宋学智 译

- 《天堂超市》（小说）
  【匈牙利】马利亚什·贝拉 著　余泽民 译

- 《秘密生活》（小说）
  【匈牙利】马利亚什·贝拉 著　余泽民 译

- 《蓝色阁楼寻梦》（小说）
  【罗马尼亚】阿德里亚娜·毕特尔 著　陆象淦 译

- 《两天的世界（上、下）》（小说）
  【罗马尼亚】乔治·伯勒伊泽 著　董希骁、Mara Arion 译

- 《生活边缘的女孩》（小说）
  【罗马尼亚】米尔恰·格尔特雷斯库 著
  张志鹏、林慧芬、陈进、李昕 译

- 《希特勒金钱》（小说）
  【捷克】拉德卡·德内玛尔科娃 著　姜蔚茜 译

• 部分书名为暂定，以出版时为准 •